秦陇纪行

[日] 加地哲定——著
翁建文——译
[日] 加地有定——校

《丝路·长安国际译丛》（第一辑）

主编 王双怀 高兵兵

陕西新华出版传媒集团
三秦出版社

图书在版编目（CIP）数据

秦陇纪行 /（日）加地哲定著 ；翁建文译;(日)加地有定校
— 西安:三秦出版社，2021.7
（丝路·长安国际译丛 / 王双怀，高兵兵主编.第一辑）
ISBN 978-7-5518-2409-5

Ⅰ. ①秦… Ⅱ. ①加… ②翁… Ⅲ. ①游记—作品集—日本—近代 Ⅳ. ①I313.64

中国版本图书馆CIP数据核字(2021)第125273号

秦陇纪行

[日] 加地哲定 著 翁建文 译 [日] 加地有定 校

出版发行	陕西新华出版传媒集团 三秦出版社
社　　址	西安市雁塔区曲江新区登高路1388号
电　　话	(029) 81205236
邮政编码	710061

印　　刷	西安市金雅迪彩色印刷有限公司
开　　本	720mm×1020mm 1/16
印　　张	11.25
字　　数	135千字
版　　次	2021年 7月第1版 2021年 7月第1次印刷
标准书号	ISBN 978-7-5518-2409-5
定　　价	58.00元

网　　址 http://www.sqcbs.cn

《丝路·长安国际译丛》序

由王双怀和高兵兵教授主编并由他们与徐璐、翁建文等西大学人分别担任译笔的《丝路·长安国际译丛》即将付梓，兵兵教授邀我写几句话。我对日语翻译及该领域在日本的研究现状都不懂，本应婉谢，之所以要说几句捧场的话，是因为以下三端：

首先是对高兵兵教授事业的支持。兵兵六年前从日本大阪大学获博士学位，学成归来，给她开出诱人待遇与条件的学术机构很多，兵兵选择了西北大学文学院，这对我校刚刚起步的对外汉语专业是一个很有力的支持。她在紧张的教学之余，很快调整工作状态，以适应国内的教学科研环境。先后推出一系列有关日本汉诗及汉文学研究的成果，而且主办了多场国际学术会议。由于她的成果突出，当时成了西北大学文科第一批通过特别评审晋升教授的归国人员，一时很引人关注。兵兵并没有满足于已经取得的成绩，几年前就吐露出要进行日本长安学研究翻译一事，并积极申报课题，一转眼已经有第一批成果问世，确实是值得祝贺的。

其次是给我提供先睹为快的机会。日本学界对该领域的研究状况我无法准确评判，但本辑中的几部著作如《长安的都市规划》（妹尾达彦著，高兵兵译）、《唐代长安镇墓石研究》（加地有定著，翁建文、徐璐译），仅从题目上我就特别喜欢。原著者在日本都是该领域的翘楚，很多年前我就拜读过妹尾教授研究唐代文人生活状况的大作，还多次引用过他关于白居易等文人在长安、洛阳等地居住的研究成果。印象中，妹尾先生与陕西学界联系较多，听说他曾师从著名史学家史念海先生。二十世纪八十年代中后期，我也在师大随霍松林先生读书，校园中曾多次见过他进行学术交流的海报，可惜当时忙忙碌碌，没有聆听并拜见，这次通过兵兵教授的翻译，比较系统地了解了妹尾先生关于长安都市规划的学术见解。几位日本学人的成果，所讨论的问题既深入又细致，既可以帮助我们了解该专题的学术前沿，又可以让我们略窥日本汉学学风之一斑。

再次是提供了长安学研究的“他者”视角。据我的不完全了解，国内关于长安的研究也正方兴未艾。仅以陕西学界而言，李炳武先生曾主持编辑皇皇十多册的《长安学丛书》，王军、陈学超先生曾以长安学申报西安市社科重大课题，并在陕西师范大学设立长安学的学位点。张新科先生主编《长安学研究》杂志，已经推出多期成果。陕西师范大学和西安文理学院都以长安学作为重点研究方向，特别是陕西师范大学将以长安研究作为申报协同创新研究平台的重要项目。可见长安研究已由原来荒寒冷僻的专家之学，变成今日各方关注的显学。海外的研究，特别是与中国文化关系密切的日本研究，也是一个重要的它山之石。国内特别是陕西学界不能忽视这个视角，以避免做低水平重复性的简单工作。高兵兵、徐璐、翁建文等学者的努力，无疑是在为这个领域做最基础的铺路垫石工作。由于目前的科研体制所限，重著述轻翻译，助推了浮躁的学风。故高兵兵和她的团队正在做的这项扎实工作，更值得学术界的肯定。

当然，翻译本身也有它的学术标准，董桥先生认为优秀的译作应该是原作者与译者的“门当户对”。故如何在遵守专业规范的同时使译笔更流畅准确，既符合原文的行文风格，又有清通畅达的汉语，确实有难度。本人没有过翻译实践，只是随意说说而已，说得多了就要出乖露丑了，就此打住。

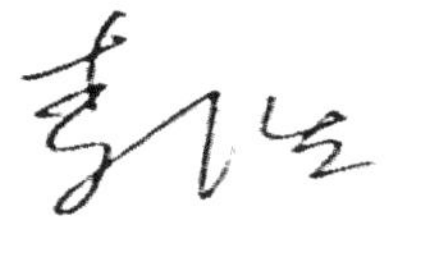

2012年10月25日

旅次渝州

总　　序

长安曾是周、秦、汉、唐等中国最重要朝代的都城，是中华文化的根基所在。它曾是世界上最大的都市，地处中原腹地，东西贯通、南北交会、政经繁荣、文化灿烂，是世界各国、各族人民向往的地方。其发达、灿烂的文化对丝绸之路沿线以及整个世界都产生过巨大的影响。

“长安”不仅是一个城市、一个地名，它可以说是中国文化中一个重要的文化符号。近年来，随着中国国际地位的日益提升以及影响力的扩大，中国对自己的文化如何向外传播格外重视起来。鉴于古都长安在中国传统文化中的核心地位以及历史上曾经享有的国际地位，我们迫切需要了解古代长安文化对世界的影响。

古代长安所在的西安市，继作为国家西部大开发龙头城市之后，又被公认为世界遗产“丝绸之路”的起点，迎来了前所未有的发展契机。在这样的情况下，我们必须要以国际化的视野来重新审视西安的历史与未来。了解古代长安的国际影响，将对我们把西安建设成为国家中心城市起到重要的借鉴作用。

研究长安的国际影响，一方面需要了解长安文化在域外的传播及本土化过程，另一方面需要了解国外学界是如何研究长安的。

关于前者，近年来，丝绸之路的国际合作研究、遣唐使及东亚留学生的国际合作研究等已经蓬勃开展，像日本遣唐使井真成墓志、百济祢氏家族墓志的保存和研究等，使古代长安历史文化的研究上了一个新台阶。本人所在的西北大学，近年来在丝绸之路及东亚研究两方面都取得了丰硕的成果，如以井真成墓志的保存为契机的与日本专修大学的合作研究，已在中国和日本同时出版了论集《长安都市文化与朝鲜、日本》。

但关于后者，即国外学界研究长安文化的成果，却几乎都没有被介绍到国内来。如日本著名唐史学家石田幹之助（1891—1974）博士研究唐代长安文化的名著《长安之春》（1941），自问世以来，在日本多次再版，经久不衰，该书既有翔实的考证，又充满着浪漫气息，可以说，就是这部书，让广大日本人民对古长安也对今天的西安心驰神往。这么重要的著作，在韩国似已有译本，但还没有中译本，这不能不说是长安文化研究的重要缺失。再如新一代的中国研究专家、专门从事中国都市史研究的妹尾达彦（1952—）博士的专著《长安的都市规划》，以新锐的全球化视角，把唐代长安城放到欧亚大陆及世界文明发展史中来重新审视；同时又从儒家文化的角度分析了唐长安城的结构，并与中国其他都城做了比较；他还以自己独特的视角，对唐长安城内的生活情境进行考查和描述，此书可谓是21世纪长安研究的代表作，具有很强的可读性，目前在日本市场已经售罄，该书在韩国也已经被翻译出版，而中译本还没有问世。

以上虽仅以日本为例，但可以见得，古代长安文化国际研究成果的引入，目前在国内还基本上处于空白。“它山之石，可以攻玉”，作为一个西安学者、一个古长安文化的后继者，我深感自己有责任传承和发扬长安的历史文化，更有责任将国际上研究长安文化的丰富成果在国内加以推介。

以上就是我们主编本套丛书的初衷。我相信，这项事业，将对今后西安地域文化发展、促进古代长安文化研究的国际化以及弘扬中华民族伟大传统精神，做出重要的贡献。

丝绸之路沿线及西方世界，历史上与长安交往的时间长短、层次范围均不相同，因此应不同对待。比起现代欧美诸国，东亚、中亚诸国与长安文化往来的历史较长，受长安所代表的中国文化的影响也要深远得多。在中亚、东亚诸国，研究长安文化就等于研究各国自身古代与中国的交流史，因此，这些国家在对长安文化的关注度上，以及有关长安的文献和当代研究成果方面，都要远远超出欧美各国。尤其是朝鲜、日本等东亚诸国，自古受到中国文化的全面影响，他们使用汉字，学习以儒家经典为核心的汉文典籍，接受儒、释、道等中国思想价值体系，与古代长安的交流广泛而深入，使节往来频繁。他们从都城长安带去当时最先进的中国文化，可以说，长安文化已经融入到他们自身的文化体系当中。

鉴于以上理由，本丛书将首先介绍东亚诸国对长安的研究。加之本人所学的专业及研究范围所限，第一阶段将主要集中在日本成果的推介，然后再扩大到朝鲜半岛以及世界各国。今后成果推介范围的扩大，还要依靠西北大学各相关学科和研究团队的加盟，以及国际合作研究的蓬勃开展。

本套丛书从策划到第一批译著问世，再到今日的再版修订，已过去了十年，其间，许多这方面的成果也陆续问世，如妹尾达彦继《长安的都市规划》后，又有《隋唐长安与东亚比较都城史》（中文版，西北大学出版社，2019 年）及《全球史》（日文版，中央大学出版部，2018 年）等新著，其他日、韩学者也不乏新著出现。我们一定再接再厉，期待着这套丛书今后能源源不断注入新的血液！

另外，本丛书并不局限于研究专著，只要是与长安历史文化相关的内容，我们都将广泛吸纳。以往已经在国内翻译出版的一些零散的译著，如有必要，我们也会重新组织翻译。国际上研究长安的优秀单篇论文，我们也会将其陆续以专题论文集的形式加以介绍。

本丛书的问世，离不开西安这块地域，离不开长安厚重的历史文化底蕴，离不开陕西强大的人文学科优势。在此谨对西北大学李浩教授和陕西师范大学杜文玉教授、王双怀教授等人的大力支持表示诚挚的感谢！本人除了编好这套丛书，无以为报。

本丛书选择由三秦出版社出版，也是有特殊缘由的。三秦出版社一直致力于古代长安丰富文献资源的发掘和最新长安研究成果的推介，与长安历史文化相关书籍的出版发行，非其莫属。再者，该社之前就已经出版过一些国际上与长安有关的译著了，如日本教师足立喜六的《长安史迹研究》、吉川幸次郎之子吉川忠夫的《秦始皇》等，这也让我自然而然地想到了三秦出版社。在此也感谢三秦社总编辑赵建黎先生、副总编辑贾云先生的信任和支持，希望这项事业结出累累硕果！

最后，期待广大读者能够喜欢这套丛书。

高兵兵

2021 年 7 月

于长安蜗居

写在中文版出版之际

先父于1925年撰写的《旧中国旅行记》，中文版名《秦陇纪行》就要出版了，我倍感高兴。

先父加地哲定（1890—1972），是一位中国文学学者，是日本佛教高野山真言宗的僧侣。真言宗即高野山真言宗，是九世纪初日本留学僧空海来到长安青龙寺，师从惠果和尚学习密教，学成回国后在日本创立的新宗教。在先父的旅行记录中，写到了访问西安，探求到开祖空海的青龙寺遗址的事情。能够在西安出版先父的游记，我觉得这一定有一种很强的缘分。

先父从京都大学中国语中国文学专业毕业后，前往北京留学四年（1922—1926），和很多的中国人结为好友。由于本身就有僧职，所以在异国也不忘弘扬佛法，当时的军阀统领段祺瑞、胡良佐等都拜在其门下当弟子，也有一般市民的信徒来随父研习佛法。在留学中，父亲热爱中国的大自然，吸收了中国的文化，同时在中国也游览了很多地方。这次出版的旅行记，是在华北、西北等七个省份旅行的游记。路线为：

北京——河南陕县	乘坐火车
（陕县是当时陇海线的西部终点站）	
陕县——甘肃兰州	徒步
兰州——内蒙古包头	乘坐筏子或船只漂流黄河

包头——山西大同——北京　　　　　乘坐火车

此次旅行历经八十天

这本游记收录了先父在旅行途中随时记下的日志。这本日记并非为出版而作，但是先父似乎考虑到了这本游记一定会迎来出版的那一天，晚年时，他把尘封已久、变得破损的日记本拿出来认真整理好，留了下来。也许是应验了父亲的预料，在先父辞世后的第三年（1975），遗稿在日本出版了。时隔四十五年，该游记的中文版也将出版了。

算起来，这本游记已是近百年前的记载，可以说是十分珍贵，但同时也有不贴切、有纰漏的地方。有些内容和描述，也流露出对于当时的中国和中国人落后情况和生活习惯的鄙视，但实际上先父是十分乐于融入当时那样的中国的现实中的。他认为只有这样才可以理解异文化，才可以走出亲近中国的第一步。

所以，这本游记是先父当年在中国旅行时记录的沿途所见所闻的情况以及和当地人交流交往的情况，都是对亲身体验的朴素的记述，可以说是当时中国的真实写照。

另外，通过日志，可以感受到先父是如何亲近中国的大自然，如何热爱当地的风土人情的。他的目光投向生息在这片土地上的普通民众的日常生活以及老百姓的心情和淳朴人情。先父目睹中国的政治、经济、农业、工业、社会状况以及当地的民风民情、历史和大自然时所抒发的“诗情诗魂”也留在了字里行间。我想这些内容对于现在的年轻学者一定有参考意义。

这本游记采用了日记的形式，随着读者阅读的深入，会有一种读小说的感觉。日记在记述旅途经历时，记录了当地人们的形象、生活以及喜怒哀乐，也记录了沿途所受到中国人的热情款待，还有遭遇排日运动，感受生命危险努力逃生的经历以及多次遭遇土匪，藏身逃难的经过，等等。先父在记录了自己心情的同时，也一定不忘写下对对方的考虑以及站在对方立场上思考所油然而生的同情之心。之所以这样写，写这些事情，是因为他真切地认为自己和对方首先都是人，都要活下去。那人类生存的千姿百态如同人间长剧，一定会打动读者的心。

对于生活在日益发展的机械文明和物质文明中的现代人来说，回顾我们逐渐忘却的旧时代的实际情况以及那个时代人们的生活和喜怒哀乐，反观现实中的自我，一定会让读者产生一些思索并有所收获的。

如上所述，这本游记是先父的旅行日记，他在晚年考虑到出版的问题，对内容进行了整理，也多少有些增加，但也仅仅是很少的一部分，几乎都是当时的原样。

因此，文中引用的唐诗多数没有题目，所引用历史典故和故事中的成语、历史人名也没有注释。先父是在动荡的旅途中，在每天的移动中，把脑海浮现的所思和记忆中的诗句等，如实地记录了下来。

在本书出版之际，为了便于现在的年轻人阅读，我和本书的译者翁建文女士一起，对我们可以理解的部分增加了注释，希望对读者有一定的参考意义。

还有一件值得一说的事，2012 年 10 月，我的小书《唐代长安镇墓石研究》就是在三秦出版社出版的，责任编辑是高峰先生；这次先父的《秦陇纪行》又将由三秦出版社出版，还是由高峰先生担任责任编辑。父子两代的书在异国由同一家出版社出版，同一个责任编辑，这是缘分，也是佳话。感谢高峰先生为先父作品在中国出版所做的多方努力和精心设计，愿日中文化交流日益繁荣。

加地有定

2019 年 12 月 15 日于日本神户

序

加地有定先生是一位令我敬佩的日本友人。我们相识十多年，十余年来，我熟知他对汉文化的挚爱，对中日民间文化交流的执着。2004年，他在其大作《穿越遥远的时空》（西安地图出版社出版，翁建文译）一书中曾说道：

> 我深深地理解了什么是国际交流，什么是国际友好，他不仅仅是那些登上历史舞台的有名人之间的对话，而且更多的是默默无闻的普通人之间构造起来的心心相印。那是一种超越个人利益得失的民间友好活动。

尽管加地有定先生不是日本的外交家，也不是蜚声学界的社会活动家，却对中日民间友好交流有如此精彩的诠释，可谓真知灼见，令人耳目一新、大为折服。

加地有定先生曾任日本石油精制会社情报信息中心的董事长，为人谦虚，温文尔雅，处事低调而不张扬。值得称道的是，他和其父加地哲定（1890—1972）对汉文化喜爱有加，一家两代始终不渝地在这个领域里探索着、弘扬着，一步一个脚印，为两国民间文化交流默默地奉献着。加地哲定先生曾于20世纪20年代初在北京留学4年，其间在河北、河南、陕西、宁夏、甘肃等地游览、参观，用笔记录了这里的社会生活、宗教信仰、历史遗迹、周边景观，保存了大量20世纪20年代第一手外文资料，又拍下了百余幅照片。今日我们见到的这本游记，就是当年他的心仪历程。他笃信真言宗（日本密宗的通称），为日本高野山真言宗大僧正，著有《中国佛教文学研究》，是日本知名度颇高的汉学家、佛学家。受父亲影响，加地有定先生自1990年退休后，沿着父亲的足迹，跋涉千里，一次又一次访问中国，寻觅父亲的故地，遍游关中佛寺道观，研究汉唐碑石，在这不显眼的点点滴滴的小事中续写着两国民间连绵不尽的友谊。在当下物欲横流的时代里，他的这些行为，仿佛就是当年那些跨越了千难万险，克服了海上惊涛骇浪的洗礼后来到隋、唐京城长安的遣隋使、遣唐使。他们的到来，传递的是人们对汉文化与友谊的渴望，这个渴望永远不会因为时空的隔断、世事的变迁而被历史尘封起来，相反的，它是人们记忆深处永远不会磨灭的双方友好的承载体，更是一种文化精神的传承。

友谊穿越时空，历史启迪未来。

值得关注的这本游记和老照片的问世，不仅是两国民间友好的见证，也是两国民间友好的结晶。这本书之所以能出版，首先得益于独具慧眼的三秦出版社领导的多方指导和鼎力支持；西北大学日语系翁建文女士精确、流畅、优美的文字，将作品的原貌全方位地展现给读者；热情、充满活力的出版社编辑高峰先生的多方奔走、精心设计，方使这本书得以尽快与中国读者见面。正是这些不同行业的朋友间精诚合作、齐心协力，使这一段珍贵的历史资料拂去尘埃，为中日民间文化交流增色添彩。

愿中日友好之树常青。

韩养民

2020年元旦于西北大学新村

目　录

五月二十三日（星期六）

这次旅行的准备基本就绪。我决定乘晚上十一点的京汉铁路线的火车，由北京正阳门站始发开往汉口。从北京出发乘坐火车旅行的有两人：我和青木正儿[①]先生，他是从日本东北大学来到北京游学的。

整个旅行沿途将经过河南、陕西、甘肃、内蒙古、山西，最后再返回北京，是一次大约花费百余日的漫长旅行。一个人单枪匹马是完全不可能的，于是我事先和上海同文书院[②]的学生们联系，约定和他们一同前往。他们五月二十日从上海出发，大约一个星期后抵达郑州。我直接从北京到郑州，在那里和他们会合。

我很担心一个人从北京到河南的旅程，内心正有些不安，幸好青木先生也打算去开封、洛阳一带看看，于是我们便结伴同行。

当时，在陕豫一带，孙岳[③]正谋划入陕，和吴新田[④]所率军队之间有爆

---

① 青木正儿（1887—1964）：中国文学学者，京都大学等大学教授，文学博士。以研究王国维的《宋元戏曲史》以及明、清中国近代戏曲史而闻名。

② 同文书院：东亚同文书院，在中日两国的通力合作下，1900年在南京创办南京同文书院，1901年移至上海，变更为上海同文书院，一直持续到1945年，是一所日本大学。创建宗旨为培养能承担未来中日关系的新时代的人才，通过两国间的通商贸易，提高双方与欧美列强抗衡的国力和文化力。现在位于日本爱知县丰桥市的爱知大学就是其后身。

③ 孙岳（1878—1928）：字禹行，直隶高阳（今河北高阳）人，民国将领，早年曾出家为僧，后加入中国盟会，成为北方支部领导人之一。

④ 吴新田（1876—1955）：字芑荪，安徽合肥人，北洋皖系军阀将领。

发战争的迹象，当地时局十分不安。再加上洛阳附近土匪出没频繁，时有骚乱发生，一些中国朋友劝告我们最好还是不要去了。可是，此次旅行已准备很久，我心里无法放弃，不管如何，能走到哪里就先走到哪里吧。另外，一位中国友人告知二十三日在黄历上不是一个吉日，建议我们改变出发的日子。

行程千里的漫长旅行，没必要明明知道是凶日还要出去。我们原定十九日准备出发，当天我们去了仓田先生家辞行，他是在北京的日本医师。之后我们抱着不安的心情赶往车站。到了车站一看，担心的事情果然发生了，列车被征用来运送士兵，不知道是南下的奉天军还是逃跑的国民军，火车上人员爆满，十九日当天无法成行。

今日专程到车站来送行的徐森玉[①]先生说，两三天前，北京大学的马衡[②]先生计划去洛阳，到达车站时，也是人山人海，无法上车，只好打道回府了。听说运送士兵已经持续好几天了，即使等下去也不知道要持续到什么时候。据说当天晚上十一点有一列特快，我们决定乘这趟火车。但晚上九点的时候，不论是二等车厢还是三等车厢，车票都已经全部售光，窗口已经不售车票了。好不容易出趟门，回去也觉得可惜，大家费尽心思想办法。最后，我们苦苦哀求车站的人，才买到了两张三等车厢的票。我们只能坐在行李车（货车）上。车内条件的恶劣程度超出我们的想象，连送行的人们也都是一副目不忍睹的表情。

在这里我插一句题外话，据松浦先生（京都大学大东洋史毕业，现任《顺天时报》[③]记者）介绍，来自大阪梅田站的电报说，但马（日本旧地名，现为兵库县北部一带）城崎发生大地震，大阪市里的电线杆倒了，人们都

---

① 徐森玉(1881—1971)：名鸿宝，字森玉，以字行，浙江吴兴人，中国著名文物鉴定家、金石学家、版本学家、目录学家。

② 马衡（1881—1955）：北京大学教授，金石学家，1933年任故宫博物院院长。中华人民共和国成立后，任北京文物保存整理委员会主任。

③《顺天时报》：日本人在北京经营发行的汉语报纸。1901年创刊，1930年停刊。为当时华北地区最具权威的报纸之一，同时发行英文杂志。

已到室外避难。灾区现在的情况不明，但愿地震的损害轻微。

京汉铁路是一八九七年清政府向比利时公司借款修筑的第一条铁路，全长约七五四哩（约合现在的 1206.4 千米），是连接中国南北的重要路线，途中建造了中国最早的隧道和黄河大铁桥九九三八英尺（约合现在的 3029 米）等，是一项非常艰难的工程。工程造价昂贵，清政府当时无法支付资本金和利息，只好向英、法、日等国借款还清了债务，直到一九〇八年才终于收回了铁路的管理主权。在这种情况下，火车的车况已经很差了，车速也很慢。之前我也曾坐这趟车去过汉口，虽然是二等车厢，但座位铺的有木板，我是带上寝具乘坐的，总共用时五十四个小时，实在是难熬。

这回是三等车厢的车票，被安排在货车里。货车，顾名思义当然是以拉行李为主，我们只能凑合了。想了想，这一点委屈都忍受不了的话，那接下来的漫长旅行如何坚持呢。最后，两人小心翼翼地在一堆行李前的角落处蹲下了。这时候，王吴珊先生和张尊午①先生来给我们送行了，接着，张洛农②先生、罗先生、彭先生等许多中国朋友都专程来车站送行。

晚上十一点，火车终于出发了。我开始了这次漫长的旅行。

五月二十四日（星期日）

在苍茫的大地上，东方天空渐渐亮了起来。我昨晚一直都没合眼。那些野蛮的士兵和邋遢的苦力们，一直在争吵不休，其所作所为，我们实在是看不下去。

以前听说中国有三样让人讨厌的东西：士兵、吐痰、疾病，今天算是

① 张尊午：民国时期生人，其他不详。曾撰写《读大圆师主笔海潮音有感》，收录在《民国佛教期刊文献集成·补编》资料库中。

② 张洛农：出生年月不详，为詹天佑的女婿。铁路路工同人共济会于 1912 年 3 月 8 日在上海成立，会长徐文洞，张洛农任副会长。

领教了。

今天阴天。放眼望去，阴气沉沉的原野绵延不绝，偶尔可以看见一些杨柳。一派令人伤感的景色。

不过仔细想想，中国随处都是历史的故乡。这是一片经过历史深深熏陶的土地，就连那些无名花草的根也是从几千年的土壤中破土而出的。这片平凡的不能再平凡的原野，也许就是群雄逐鹿的场所，或是血染的沙场，或是埋葬无数英雄的败都之地。即便是一条山间的羊肠小道，也许就是双雄争霸的战略要塞，或是鬼哭狼嚎的悔恨之地。这样想来，就会联想，现在走的这片土地以前是什么样的呢？不由得觉得这些草草木木也是那么地让人感到似曾相识。一般说来，现实是无法离开历史的，人们就是生活在历史与现实的一段交替中。

遐想间，火车已经过了定州、正定、石家庄、顺德，还经过了因黄粱一梦①名满天下的邯郸和因殷墟闻名的彰德。

眼下的现实却是这货车里一个小小的角落，而这车厢是狭窄的、肮脏的。

下午一点左右，我们总算在三等车厢发现空位，在那里坐下了，好像觉得自己又恢复了人的感觉。青木先生拿出随身携带的威士忌，我们两个人慢慢地边喝边聊。

从北京到郑州的二十七个小时，的确是难熬。下午四点左右，天突然阴了起来，狂风骤起，沙土飞扬，顿时暴雨倾盆。黄昏时分，火车开过黄河铁桥，那广漠的河床在薄暮中泛着黄色，水面上隐隐约约倒映着点点灯

---

① 黄粱一梦：也叫黄粱美梦，比喻虚幻不能实现的梦想。出自唐沈既济《枕中记》。怪曰："岂其梦寐耶？"翁笑曰："人世之事亦犹是矣。" 唐代有一个穷困潦倒的书生卢生，在邯郸一个客店遇见道士吕翁。吕翁送他一个枕头，这时店主正开始做黄粱饭，卢生小睡一会，在梦中他中进士做宰相娶美妻，儿孙满堂，生活美满。梦醒后，主人的黄粱饭都还没做熟，比喻虚幻不能实现的梦想。

火。听说黄河铁桥因为年久失修，随时都可能坍塌。在火车通过这两哩多的大桥期间，我担心如果遇到这事该如何是好。还好，担心也只不过是我杞人忧天，我们平安地过了桥。过桥之后觉得浑身疲倦极了，三等车厢里，乘客也多素质不高，韭菜的臭气，肮脏的人群，这种非人感觉的旅行，让我们着实有些难以忍受。火车正点到达郑州的时间应该是晚上九点四十分，结果次日凌晨三点多才到。大家的身体早已疲惫不堪，不过，想着到了旅店就可以伸伸腿好好放松放松，还可以喝杯啤酒，睡上一觉，一边想着一边就出了郑州站。由于不熟悉情况，我们被那些拉客的一路拉到了一个叫繁升宝栈的地方。旅行指南上说郑州的第一宾馆和金台旅馆都很不错。前往第一宾馆一看，不过是个小旅馆，就不太想在那里住了，金台旅馆也差不多，最后我们去了庆升旅馆。虽然还算可以，不过也还是脏，服务态度冷淡，让人生厌。但事到如今也别无他处可去，勉强洗了个脸，喝点茶，在这个“臭虫窝”凑合了一晚。

郑州是京汉线和陇海线交会的交通要地，是春秋时代郑国子产[①]的故里，这里现在也有供奉他的庙宇。

五月二十五日（星期一）

开往开封的火车早上九点发车。我们必须在这之前赶到车站。睡觉的时候已经凌晨四点了，东方的天空已经微微发亮了，大家根本无法安心入睡，而且脖子和手都被臭虫咬了，痒得厉害。按理说我对这个臭虫应该有免疫力的，不过还是很痒。在中国旅行，臭虫是必须面对的，不克服这个问题就无法进行旅行。七点起床，仍然睡眼朦胧。洗漱完毕，催促店家给弄些吃的，店家回答说等一等。

① 郑子产（前585？—前522）：原名公孙侨，字子产，春秋末期郑国的执政卿。

如果赶不上这趟火车就只能在这儿继续待上一天，因为这趟车一天只有一班，非常不方便。好不容易吃好了早饭，便去了郑州车站，付了三个铜子儿，有人直接带我们抄近道上火车，这就是中国式的行为了。坐上火车后，旅店把买好的火车票送过来。这下好了，终于要离开烦人的郑州了。包厢里的乘客除我们两人外，还有一个五十岁上下的男人带着姨太太模样的年轻女人。出来之后，我头一次有了旅行的舒畅心情。这回坐的是头等车厢。

这条路线是陇海线的一部分，最开始是作为京汉线的支线向比利时公司借款修筑的，也叫汴洛线。由比利时人经营，检票的是法国人，车票上也写着法语。这趟火车比京汉线的火车气派多了。车身好，也不太晃，还特别快，只是发车时间不太准，原本九点出发的车晚点，到了十一点才发车。窗外是一望无际的黄土平原，低矮的杨树默默地映入眼帘。一刮起风来便黄沙万丈，就连北京的蒙古风也赶不上。遥想往昔，入唐求法[①]的空海[②]从汴州往西也走的这条路吧。现在虽然陆上有火车，海里有轮船，然而大自然是一点也未改变，空海到了这广袤的黄土平原，看到这沙土黄尘，也一定会多次驻足而立吧。

火车两个小时后到达开封。（图 1）开封现在是河南的省会，有二十万人口，是河南省第一大都市。在战国时代叫大梁，是魏国的都城，

① 入唐求法：从公元 630 年至 894 年约两个半世纪里，日本为了学习中国文化，先后向唐朝派出十几次遣唐使团。每一次均有五六百人。被选为使节的僧侣称为入唐求法僧。遣唐使对推动日本社会的发展和促进中日友好交流做出了巨大贡献，留下了丰富而宝贵的文化史料，成为中日文化交流的第一次高潮。

② 空海（774—835）：是日本佛教真言宗的开山始祖。空海作为留学僧来到大唐长安青龙寺，师从惠果和尚学习密教，于 806 年回国。并在高野山（在日本和歌山县）创建真言密教道场。谥号弘法大师。高野山现在也作为高野山真言宗的总本山，继续着它的辉煌，是日本拥有最多信者的宗派，在全国都有子寺院。空海在汉诗文、书法方面都发挥着卓越的才能，在日本文化史上留下深深的足迹。

隋唐时叫汴州，是五代的梁、晋、汉、周以及北宋的都城，金的时候被称为南京。

因为临近黄河南部，所以在隋唐时期这里便有通往浙江杭州运河的船只了。一到开封站，车站前就有士兵检查行李，我们顺利通过了检查。随后，我们到街上寻找落脚处，找了两三家旅店，都客满，最后在山货店街一个叫天台旅馆的地方安顿了下来。可是刚到就刮起了狂风，而且刮得非常厉害，不过没刮多长时间。下午，我去北书店街买了本开封地图就回来了。天台旅馆是个感觉还不错的旅馆，它有个大大的园子，是地方上少有的大旅馆。比起郑州简陋的旅馆就更让人这样想了。晚上，我们酣畅地喝着五星啤酒，尽情地放松自己，旅途中的劳累终于慢慢消退了。

图 1　开封街道

五月二十六日（星期二）

开封。天亮了，清晨的凉风从房顶吹下来，旅店的院子用砖铺成，院子一角，盛开着夹竹桃，还有分外可爱的瞿麦花。早饭是点心配着鸡蛋和馒头。吃过早饭，我就出门去逛开封城了。

南门大街的正北面有一座高高的亭台。四面环池，后面是已成废墟的旧城址。这个亭台被称作“龙亭”[①]，大概过去是天子的展望台吧，如今

① 龙亭：位于开封，宋代皇宫后御园的一部分。龙亭的高台为明代周王府的花园里的土山。

图 2　龙亭

已变成了道观。（图 2）大理石制成的台阶和栏杆雕刻十分精美。这一切都弥漫着宋朝文明那淡淡的暗香。从这个高台向北望去，可以看见平原的中央是层层叠叠的土丘。这里就是北宋的旧城——汴的宫殿。看着此景，想象着金人入侵，宋徽宗、钦宗被俘，宋高宗南逃[1]，这一历史悲剧，即使是八百多年后的今天，也不禁让人感到心中哀寂。据说城的西北处是梁惠王时的旧城，可是魏的都城在开封城南侧，总之，这里恐怕是五代时梁的旧城所在地了，那么孟子见梁惠王大概也是在这附近吧。城的东北处有一座铁塔，城墙围绕着它向东西延伸而去。这里的一草一木、一石一亭，不禁让人追忆往昔。

我们驱车前往铁塔[2]处。（图 3）这座塔共十三层，用砖垒砌而成，石碑呈黄赤色，可以看作是铁迹，此塔过去也被称作铁色琉璃塔。

从北边的入口处沿着内部螺旋状的楼梯可以到达塔顶，从塔顶处可以眺望四周。塔的内部镶嵌着明朝万历年琉璃瓦制成的佛像，最高处供奉着明代雕制的数个铁佛像。传说这塔为宋代建筑，我想那些佛像大概是明朝时补嵌进去的吧。塔的旁边是铁塔寺，具体地说是大延寿甘露寺，是旧时上方寺的遗址。接着我们又驾车前往文庙。里面只有两三块清朝乾隆帝的御碑，其他也没有什么想看的，就暂且先回旅馆了。吃完中午饭，前往城

① 宋高宗南逃：宋高宗赵构（1107—1187），东京汴梁（今河南省开封市）人。宋朝第十位皇帝（1127—1162），南宋开国皇帝，宋徽宗赵佶第九子、宋钦宗赵桓之弟。在徽宗、钦宗被金国掳走之后，赵构惶惶如丧家之犬，毫无救世安民方略。主和派投降派充斥朝廷，一味求和，于是一路南逃，即位于南京应天府（今河南省商丘市），建立南宋。

② 铁塔：始建于宋皇祐元年（1049），八角、十三层，被誉为“天下第一塔”。

图 3　开封　铁塔

图 4　开封　繁塔寺

的东南方，参观繁（pó）塔[①]寺。（图 4）这座砖塔为三层呈六角形，形状十分罕见，塔的内外侧雕刻着千佛像，雕工亦十分精美。中间供奉着准胝观音、三藏法师玄奘的像。（图 5）本地农林学校的宋邵教授，曾在日本留学过，作为向导带我们参观。据他说，这座塔为梁武帝所建，但目前还未有确凿的证据。也有说是宋朝的太平兴国二年间建造的，大概到清代又重建了一次。这座塔的阶梯也是螺旋状，延伸至塔顶。塔的内侧雕刻着佛像，塔顶由砖排列而成。

沿路东行，我们到达禹王台[②]。这是古时的古吹台，如今已成为巡

① 繁塔：北宋太平兴国二年（977）造。又名兴慈塔，因建在繁台之上，因而俗称繁塔，是开封市现存最古老的建筑。原为九层。

② 禹王台：相传春秋时代晋国著名盲人乐师师旷曾在此吹奏乐曲得名。后梁孝王喜好同墨客吟诗吹弹游乐，为此筑吹台，称古吹台。古时的吹台很高，到了明朝还有10米，周长百米，后来由于黄河泛滥，泥沙淤积，仅高出地面约7米。因开封屡遭水患，人们怀念大禹治水之功，于明嘉靖二年（1523），在吹台上修建一座禹王庙，这座古台从此就又叫禹王台了。古吹台的建筑，在明清时期曾进行过多次修葺。禹王台南台阶下面入口处，是一座门楼式牌坊，上写“古吹台”三个大字，是清乾隆二十七年（1762）河南地方官何熠书写。

图 5　繁塔内壁的佛像群

查们休息聚集的地方了。

返回旅馆的路上，看见了齐鲁公园。这个公园不收门票。虽然是一所充满乡村气息的公园，但是可以看见辽阔的郊野，真是令人心情愉悦。进入曹门，逛了逛书店街，回到住处时已是下午四点了。今天相当累。晚上，我们两人边喝着老酒边聊天直至深夜。

五月二十七日（星期三）

按计划今天必须到达洛阳。然而去洛阳的火车只有早上七点半一趟。虽然下午两点有一趟西行的火车，但是只到郑州。无论如何也赶不上早上七点半那班车了。

加之昨晚喝酒到很晚，于是决定再在开封停留一天。早晨起床后，只见青木老师沮丧地站在那儿说："哎，遭袭击了。"打眼望去，床上、帐子上、被子上竟爬满了臭虫。青木老师发牢骚说住在这里尚且是这样子，让人不由得想接下来要住的乡下旅馆究竟是何种情形呢?

昨天已逛遍了整个开封，也没有其他特别想去的地方了。也不能只待在住处。于是下午出去逛古玩店。说是古董，也并没有什么特别珍贵的东西。南书店街有很多卖佛像拓本的店铺，据说一张二十元，觉得很贵买不下手。也只能吞下口水，就此打住了。

顺路往南走，打算逛市场，没想到竟到了相国寺[①]。相国寺建于北齐天保六年，命名为“建国寺”。唐睿宗时将之改名为大相国寺，后宋太宗至道二年重建，是一所很有名的寺院。这座庄严而宏伟的寺院如今已不含宗教色彩，变成了举行庙会的胜地。和北京隆福寺的庙会一样，如今中国古代的寺庙大多都举办曲艺杂耍等活动，很是热闹。我们回到旅馆，准备好明天出发的东西，便就寝了。

五月二十八日（星期四）

早晨五点半左右起床，稍作收拾便出门，赶上了七点半开往洛阳的火车。车子渐渐驶出了开封。再见了，开封！就这样，我们离开了开封。

两小时后，我们到达郑州。以这样的速度，大概可以准时到达洛阳。刚松一口气，郑州站又上了许多乘客，车厢一下子变得拥挤不堪，痛苦也随之开始了。我在郑州站的月台上遇到了同文书院学生旅行团[②]一行。

同文书院学生旅行团，分两个组进行今年的秦陇旅行。一组为北线组，

---

① 相国寺：坐落于“八朝古都”开封市市中心，此寺创建于北齐天保六年（555），原名建国寺。传说中，原为战国魏公子无忌——信陵君的宅院。后寺院毁于战火，长安元年（701）重建。延和元年（712），唐睿宗诏改寺名为大相国寺，御书“大相国寺”寺名，以纪念自己从相王当上皇帝。

② 同文书院学生旅行团：上海同文书院把每一期毕业班学生分为小班，要求学生们在中国进行长途旅行，并把旅途中的所见所闻写成毕业论文。该制度从1907年的第五期学生开始实行，一直延续到第四十期。

沿泾水逆流而上；二组为南线组，沿渭水前行。到达咸阳以前，这两个组一起行动。他们两组都乘坐这趟车。我属于南线组，也就是说此后的三个月要和他们同行了。在此我说明一下南线组成员的姓名：筱原久司、武田时一、齐藤二郎、岩荣重义、广江释男、川越武司、三野清雄、栗山正介以上八位和我。

在上海我已认识了武田君，他也在这一行之中。这下放心了，我们俩聊着旅途中的各种见闻。列车驶出了郑州站，告别了郑州。过了郑州，火车向西行，地势发生了变化，从平原变成了丘陵。一步高过一步，一层高过一层，生长在黄土山上的树木郁郁葱葱。透过车窗看到的景色也很奇异，随处可见居住窑洞的人家。虽说是窑洞，可中间不乏出色的建筑。窑洞的周围也有平房。看来，窑洞也未必是原始人遗留下来的东西。向同行的乘客一打听，才知道窑洞冬暖夏凉，非常适合居住，只是还有室内光线暗，一个屋子只有一个门等不便之处。由于缺乏木材，雨水稀少，就在山上土质较坚固的地方凿洞而居，这真是人们生活的智慧啊。这一带窑洞很多，是因为很久之前黄河泛滥时，致使黏土质的堆积土增多，形成了适合打窑洞的自然地理条件。我们也总算见到了窑洞这一当地特有的居住方式。

过了汜水，快到巩县的时候，在北边我们看到了奔腾的黄河，也望见了流淌在山间清澈的洛水。（图6）再往西行，我们来到了偃师，不知为何，列车突然停了下来，等了大概三个小时，又开始行驶，终于到了义井铺，在这里又停滞了约两小时。也不知为何，总觉得西边有点怪异。

车厢里士兵和列车员之间发生了争执。车终于驶出了义井，渐渐可以望见北方有一座十三层的塔。很快我就知道，这塔就属于有名的白马

图 6　洛水以南

寺[1]。离开这儿还不到二十分钟火车又停下来了。列车员走来说道："大家在这下车吧，火车不到洛阳了。"究竟是要下车，还是待在火车里，抑或返回义井铺？到底该怎么办呢？一打听，原来这一带是土匪的巢穴。如果在此地磨磨蹭蹭，就会遭遇土匪。与其束手就擒被土匪当了下酒菜，不如辛苦一些走到洛阳。可是我们的行李太重了，根本拿不动。在进退两难之际，经过商量，我们决定徒步前进。

这下真是太艰难了，卸下的行李简直太重了。大家各行其能，有的背着行李，有的挑着，还有的提着。总之无论如何，我们必须赶到洛阳。

时间已是晚上八点，也许人的潜能在非常时刻就会爆发吧。我们挑着沉重的行李，沿着铁道边灰暗的小路向西行进。

走了有一两丁[2]（一二百米），碰到四五个拿枪士兵迎面走来。"你

① 白马寺：位于河南省洛阳老城以东 12 千米处，创建于东汉永平十一年（68），是中国最早的佛教寺院。有中国佛教的"祖庭"和"释源"之称。白马寺塔在洛阳白马寺山门外东南约 200 米处，是洛阳一带地面现存最早的古建筑，今存之砖塔，实重建于金大定十五年(1175)，又名齐云塔。

② 丁：或町，日本距离单位，一丁（町）约 109 米。

们是哪来的，要去哪？”他们盘问道。我们简单介绍了来意和身份之后便被允许通过。又走了十几丁（一千多米），远远地看见前方燃烧的火焰。从这儿望去，整个洛阳城好似陷入一片火海中。风呼呼地刮着，火势愈见凶猛。一牙蛾眉月低挂在西边的天上。在那种情境下，背着行李前行，心情可以算得上悲怆了。逐渐前行，我们才明白并不是洛阳发生了火灾，而是平原中的铁道上火车相撞，燃起了熊熊大火。此时方才明白了火车不通的原因。我们意识到我们避开了危险，保住了性命，到此算是安全了，却立刻感到异常疲惫，行李也沉甸甸的，实在是走不动。然而，即便如此，也不得不继续前行。学生们都是二十来岁精力旺盛的小伙子，只有我和青木老师过了三十岁。我们怎么都无法跟他们步调一致，几度想要落泪。可是哭也是没用的，只得继续迈着沉重的步伐，有气无力地跟在他们身后。远空时而闪现红色火焰的光，时而出现车站信号灯的亮。于是大家决定鼓起勇气走到可以走到的地方。沿着铁道走二十五华里（12500 米）的路，其间的辛苦真是让人无以言表，难以忍耐。途中，我们遇到了两个苦力，让他们分担了一些行李。青木老师的步伐稍稍轻快起来，狼狈的神情也渐渐有所缓和。终于，我们遇到了洛阳金台旅馆前来接应的人，行李也随之变得轻便了许多，总算到了洛阳。（图 7）此时的洛阳城完全笼罩在夜幕之中。穿过洛阳黑黢黢的街道，我们终于抵达旅馆。此时已是晚上十一点半了。大家互相

图 7　洛阳城北关外的风景

看着，悲喜交加，不觉都流下了眼泪。稍后大家倒上啤酒，喝着青木老师带来的可可，吃完稀饭就都各自歇息了。

五月二十九日（星期五）

说到洛阳，人们脑海中大概都会浮现牡丹花绽放、秀丽繁华的大都市的样子吧。其实这些只是往日的景象罢了。现在的洛阳已今非昔比了。（图8）

洛阳是周公建造王宫的地方，东周、后汉、西晋、后魏、隋、五代等均建都于此。在《河南志》里至今还载有汉、晋、后魏、宋西京城时宫城的图。想必宫殿也是非常雄伟吧。《读史方舆纪要》里记载着，洛阳古城在洛阳府东北二十里处，周显王之后定为都城。现在的城郭，不过是在旧都城西南一角建造的罢了。在《洛阳伽蓝记》[①]里，记载了白马寺位于“在西阳门外三里”处，由此也可以理解为什么现在它位于洛阳以东。（图9）如今的洛阳南临洛水，北对北邙山，西南方可望伊阙龙门，这样的地形十分适合建造王都。（图10）“天津桥下阳春水，天津桥上繁华子”[②]里所写的天津桥[③]在南关以南。东西两方还有汉明帝冢、后唐明宗冢以及蟠龙冢等。

---

① 《洛阳伽蓝记》：东魏（534—550）杨衒之所撰写。记录了北魏时期洛阳及城郊诸大寺之建寺缘起及建筑结构等。而且也记载了当时的政治、风俗、人物和地理。《洛阳伽蓝记》是北朝文坛上的旷世杰作。《洛阳伽蓝记》因其富有创意和个人才情，而成为现存文学史典籍中寺塔记的典范之作。

② 天津桥下阳春水，天津桥上繁华子：引自刘希夷的《公子行》一诗。刘希夷（651—679），初唐诗人。《代悲白头翁》的作者。此文中所引用的“天津桥下阳春水，天津桥上繁华子”，歌颂了天津桥的繁华景象。后续诗句为“马声回合青云外，人影动摇绿波里”。

③ 天津桥：天津桥是隋唐时期洛阳城南北交通的要冲，旧说它在今洛阳桥东不远处。近年在今洛阳桥西100米处的洛河河床发现其桥基遗址，此系隋唐时期的天津桥真址。天津桥始建于隋大业三年（607），传说是隋炀帝营建洛阳时，看见了贯穿城市的洛水，古人把洛水誉为“天汉”，即天河（银河），天津即天河的渡口，故名“天津桥”。

图 8　洛阳城墙

图 9　洛阳石佛

图 10　远望北邙山

图 11 唐代土偶

《唐书·五行志》里记载着善无畏[①]三藏降服北邙山大蛇的故事，《高僧传》里也记载着在西山广化寺里存有善无畏和不空的塔。（图 11）啊！我不禁想起了杜甫的“国破山河在，城春草木深[②]”的诗句。如今的洛阳城内东大街、西大街、南大街、东关外以及洛阳火车站附近，虽还是一派城市景象，但街道很脏，店铺也很小，至多可算是一个地方城市罢了。“洛阳女儿对门居，才可颜容十五余[③]”，这样的情景如今已无处可寻。加之士兵和土匪飞扬跋扈，已是一处令人生厌之地。城西有一座吴佩孚经营的兵工厂，名为西工。此时的洛阳俨然一副军队城市的模样。

① 善无畏（673—735）：印度人，唐代高僧，是密教传持八祖之第五位，多次来往于印度和唐长安之间，将很多密教经典翻译成汉语。和金刚智、不空共同奠定了中国密教的基础。密教传持八祖分别是龙猛、龙智、金刚智、不空、善无畏、一行、惠果、空海。

② 国破山河在，城春草木深：引自杜甫的《春望》一诗。杜甫（712—770），唐代诗人，又称“诗圣”。本文引用《春望》一诗中“国破山河在……”比喻洛阳城的萧条。

③ 洛阳女儿对门居，才可颜容十五余：引自王维的作品《洛阳女儿行》。王维（701—761），盛唐诗人，还被称为文人画（南画）的始祖。

图 12　洛阳 天津桥遗址

返回现实中。我在金台旅馆肮脏的房间里迎来了黎明。房子破旧且不堪入目。又被臭虫叮了一整晚。早饭后，去拜访徐森玉先生介绍的二三人，却没见着面。返回途中，去东门外寻找鸿运客栈，这里已变成士兵的住处，禁止入内。回到住处，下午我们搬到大金台旅馆。这里的环境稍微好一点。

下午去了东门外的千祥庵，那里有汉碑和唐代的经幢等。可是也已严重破损，使有良知的人不由得心生愤懑。求得两三张拓本，随即便去拜谒了位于对面河南中学堂里的贾谊[①]祠，之后又乘车去了位于南关前的天津桥。（图 12）该桥跨洛水而建，连接洛阳城的西南。沿岸的杨柳刚抽出嫩枝，只剩下一半的桥梁仿佛在诉说着人与自然斗转星移的故事。魏曹植[②]的《洛

① 贾谊（前 200—前 168）：西汉时期洛阳人。汉朝著名的政论家、文学家。诗文辞赋文笔艳丽秀逸，独具特色。其政论文有《过秦论》《论积贮疏》《治安策》等，在历史上有很高的地位。

② 曹植（192—232）：三国时期魏国诗人。是曹操（武帝）的第三个儿子。在和其兄曹丕（文帝）争夺王位的斗争中，处处被排挤，受打击。本文引用的《洛神赋》借神话传说并加以浪漫主义的想象，写出了一个人神恋爱而不能结合的哀怨故事，塑造了美丽、纯洁而又多情的洛神形象。辞赋语言绚烂华丽，描写了幽艳的梦幻世界。

神赋》中的景象也好，宋邵雍[①]的天津桥上闻杜鹃的情景也罢，现在已不知到何处去了。只是，站在这儿向南望去，可以遥见伊阙龙门，向北依稀可见北邙山[②]，向西望去是满目荒凉的原野，洛阳城就被这些环绕而置身其中。盛衰兴亡之貌，让人感慨万千。回去的途中，绕城西，出西门到北门，出了北门，看到这里也有窑洞。尽管太阳已下山了，但窑洞里的灯似乎还没有点亮。

回到旅馆，昨天去拜访过的郭氏[③]来回访。他劝我最好取消明天去龙门的计划，说是现在龙门一带常有土匪出没，形势险恶，连县衙也再三劝告大家不要去。

五月三十日（星期六）

看来龙门之行彻底没希望了，昨天晚上县衙发来了两三回通知，甚至还说非要去的话不保证生命安全。我们当然还不至于为了去那里而不顾性命。最终还是取消了龙门之行。特意跑到这里来看龙门的，真的很不甘心，可是也没办法。饭后到街上逛了一下古玩店。一走进郭师傅介绍的那家店，就看到那里摆了很多刚刚挖掘出来的埴轮[④]。青木先生买了四五个，我也

① 邵雍（1011—1077）：北宋哲学家。邵雍曾和客人一起在洛阳天津桥上散步，忽然听到杜鹃叫声凄然，有所触动并感悟，预言天下将大乱。这就是“天津桥上闻杜鹃”的著名故事。其蒙学诗《山村咏怀》十分有名：“一去二三里，烟村四五家，亭台六七座，八九十枝花。”

② 北邙山：海拔300米左右，东西横亘数百里，位于河南洛阳北，黄河南岸，属于秦岭山脉的余脉崤山支脉。北邙山山势雄伟，水深土厚，伊、洛之水自西而东贯洛阳城而过。立墓于此，即圆了古人所崇尚的“枕山蹬河”的风水之说。北邙山被视为殡葬安冢的风水宝地，汉代以来有很多王侯贵族都在此安葬。

③ 郭氏：即郭玉堂（1888—1957），字翰臣，居号“十石经斋”，铺号“墨景堂”。河南孟津刘坡村人，近代洛阳著名金石学者和拓片收藏家。20世纪20年代受聘为北平图书馆名誉调查员、故宫博物院考古采访员。

④ 埴轮：埴（zhí）轮是出土古坟内的一种土偶殉葬品。

买了据说是隋朝的女俑和一尊六朝时期的金铜佛。

我们到底是去不了龙门了，明天就必须向西，启程去西安。今晚和青木老师告别。有一个叫安冈的人，是学生们的学长，现在是国民军的飞行教官，受雇于吴佩孚。他设宴招待了学生们。学生们都应邀赴宴去了。我和青木先生两个人，吃了一顿告别晚餐。想想这次旅行，比起快乐，苦难似乎更多啊。

已经很晚了，我还在收拾行李。把一百零八块旅费交给会计之后，又给了他一百五十块请他保管。

五月三十一日（星期日）

取消了龙门之行，今天就必须出发。计划乘坐早上六点半西去的火车。我四点半起床，收拾了一下随身行李，就匆匆退了房。告别了青木先生，到达火车站时已经六点半了，但那个时候火车并没有一点要走的意思。七点，八点，直到九点四十分火车总算开始启动。中国的火车还真是悠哉悠哉的，一点都不受时间的约束。我也已经习惯了。本想着火车出发后向西行驶，却正好相反，去了东站，在那儿又花了一个小时，接着回到西站，又是一个小时。真正出发时已经是十一点四十分了。不管怎样，总算要出发了。

这时，站在金谷站，洛阳西郊的景色尽收眼底。北边是北邙山，南边是龙门山，在烟柳之间，不远处的一江洛水若隐若现。晋朝的石崇①在金谷山涧中造了一座别庐，起名金谷园。传说他在园中与宾客们饮酒赋诗，

① 石崇（249—300）：晋代诗人。石崇的财产山海之大不可比拟，宏丽室宇彼此相连，穷奢极侈。有别馆在河南金谷涧，凡远行的人都在此饯饮送别，因此号为“金谷园”。文中“罚酒三杯”的故事就发生在此。

图 13　观音堂火车站

图 14　观音堂火车站附近的村落

谁若作不出诗来就**罚酒三杯**（黑体为作者所加）。再往新安南几里就是汉朝的函谷关。那里地势险要，自成一关。古时的鸡鸣望气台（鸡鸣之时观测天象占卜的地方）就建在那里。渑池因古代秦赵会盟[①]而著名。据说故址在县城的西边。这一带山峦重叠，峡谷幽深，树木繁茂，俨然一幅美丽的山水画卷。过了观音堂就到硖石了。（图 13）（图 14）县城东边的硖石岭，有着仿佛利剑一样的悬崖绝壁，巍峨地耸立着。秦晋两师隔山难扰，指的就是这里。原先的道路在山的南边，听说到魏朝的时候，曹操[②]才开通了北路。这会儿，火车正在通过长长的隧道——这是古时通往长安的大路。周围的每个地方都是历史的故乡，这里的土地是黄色的堆积土，杨柳林荫

① 秦赵会盟：战国时期（前 475—前 221），蔺相如陪同赵惠文王会见秦昭王，席间临危不惧，正气凛然，大扬国威。

② 曹操（155—220）：史称魏武帝。东汉末年的政治家、军事家、文学家。知韬略，通诗文。在文学史上与其子曹植、曹丕被称为“三曹”。

道随处可见。火车在庙口停了近两个小时。太阳已经完全沉没于西山，橙黄的暮色笼罩着层层山峦。一行人露出疲惫的神色，大家不禁感到腹中饥饿。我们于晚上十一点时才到达陕州。我们定了大金台旅馆。旅馆里不时传来的一些污言秽语，真是不堪入耳。一群士兵在户外搭着帐篷宿营。白色的月光照亮了东边的夜空，只觉得异乡的山河一片苍凉。

六月一日（星期一）

这里是陇海线的终点。接下来直到遥远的兰州，不管你情不情愿都得步行了。行李全部堆上马车，人在后面跟着。租上马车要走五到十天才能到达目的地。到达西安的费用是，装上所有人的行李，加一个人就要六十元。这租金也太高了，令人咋舌，可是也没办法，马和车全都被军队征用了，邮车也只剩下两辆了。要是不租用的话，我们是一步也走不了的。

这边有沿黄河通往潼关的民营交通船，可现在也没过来，真要这么等下去，还不知道要等到何时，最终我们还是决定租用那辆马车了。因跟对方交涉就花了半天，所以今天一天就决定留在陕州了。下午出去观光游览。

陕州西北边黄河逶迤围绕，南边青龙河湍流不息，东边背负高山，形成天然险要的地势，这就是战国虢国[①]之地。进了南门，一路向北，到了北门的楼台。登上楼台向北望去，滔滔黄河就在脚下。对岸是古时的晋

① 虢国：周代国名，西虢在今陕西宝鸡附近，南虢在今河南陕县附近。东虢在今河南荥阳附近。

图 15 栖岩寺塔

国[1]，也就是如今的山西。河岸的层次越发明显，经过自古至今的河流冲蚀，水是越来越深了。黄河由西向北蜿蜒，激流跌宕，惊涛拍岸，滔滔流水的风光委实宏大，真是壮观之极啊！不禁想若能将此水势利用起来，那将是多么令人震撼啊。稍事休息，我们走下楼台，取道向东，去看看关公庙前面的栖岩寺塔[2]。（图 15）那是座四角、十三层的砖塔，很像白马寺的塔。只可惜里面仅剩下一些隋朝石佛的碎片了。接下来我们一行人登上了西门的楼阁，在那里休息了片刻。傍晚爬上了南边的丘陵。俯瞰全城，陕州尽收眼底。栖岩寺塔浸染在夕阳的余晖之中，黄河水面闪映着道道金色的波纹。

六月二日（星期二）

昨天在街上买了些杏子。没经住诱惑，稍微多吃了点，今天一大早就开始拉肚子。想着这下就麻烦了，可还得出发。

步行的第一天就这个样子，真让人泄气。幸好马车还可以载一个人，真是帮了大忙。去西安的路，弯弯曲曲盘旋于山间。出了大山，穿过原野，

① 晋国：中国春秋时代的晋国（前 1033—前 376)。在今山西太原。后被其大夫韩、赵、魏所分而亡。

② 栖岩寺塔：位于陕州，在唐代修建的宝轮寺的旧址上，于金大定十七年（1177）修建而成，保存至今。

又走进大山。南负高山，北傍黄河，一条索然无味的乡间小路蜿蜒绵绵。我拖着虚弱的身体随着马车一路颠簸，不由得想起古人行路的艰辛。途中经过一个叫曲沃的地方，是战国时秦伐魏占领的曲沃，并非《左传》[①]文公入曲沃中所说的晋国的曲沃。下午五点的时候，终于到达灵宝城。住宿地依然是茅草屋，在里面铺上一块板，人就睡在那上面。我真是浑身乏力，在大家的鼓励下才去饭馆喝了碗粥。就这样过了一晚上。傍晚下起了雷阵雨，感觉好了一些。今天的路程六十华里。

六月三日（星期三）

今天身体差不多恢复了。虽然还是有点虚弱，但是可以稍微走走。早上起来还是乌云密布，后来云散了。出了灵宝走了二里路，渡过弘农河，西边耸立着一座高山，那就是函谷关[②]。（图16）新建的二层城门楼，还有一座古函关。楼上供奉着老子驾青牛的塑像。上有一副对联："未许田文轻策马，愿逢老子再骑牛。"上联里的田文就是孟尝君[③]，因鸡鸣狗盗的传说而得名。下联写的是老子遇到令尹喜[④]，为世人留下了"五千言美文"

① 《左传》：《左传》原名为《左氏春秋》，汉代改称《春秋左氏传》，简称《左传》。旧时相传是春秋末年左丘明为解释孔子的《春秋》而作。

② 函谷关：有新旧两处。在河南省新安县东的函谷关为新关，由汉武帝所设。旧关建于秦朝，在河南灵宝东北。孟尝君的故事就发生在此地。

③ 孟尝君（?—前279）：姓田，名文，齐国宗室大臣。中国战国四公子之一。齐孟尝君出使秦被昭王扣留，孟尝君让食客模仿狗的样子把狐裘偷出来。妃子见到狐白裘高兴极了，想方设法说服秦昭王放弃了杀孟尝君的念头。另外，按秦国法规，函谷关每天鸡叫才开门，半夜时候，鸡可怎么能叫呢？原来，孟尝君的另一个门客会学鸡叫，而鸡是只要听到第一声啼叫就立刻会跟着叫起来的。守关的士兵虽然觉得奇怪，但也只得起来打开关门，放他们出去。孟尝君靠着"鸡鸣狗盗"之士逃回了齐国。

④ 令尹喜：尹为中国古代官名，令尹为战国时期出国的官名，相当于丞相。文中所指的是函谷关关令尹喜（春秋时人）。传说老子经过函谷关时，函谷关关令尹喜知道他即将隐去，请老子著书，于是老子写下了五千字，就是他留给后人唯一的著作——《老子》。

的故事。山势向南盘桓，北面被黄河阻断。中间只有这一条路，连猿猴都无法通行。真是天然的要冲、天下的绝塞啊。进入关门，行走在峡道中，两岸峻峰林立，道路如羊肠一样盘旋曲折，山表是清一色的黄土层。天一旦下雨，积水就会淹没车轴，就算不下雨，那如山涧小溪一样曲折难行的小路，也不是那么轻而易举可以过去的。（图17）可真是“一夫当关，万夫莫开”呀！这里绝不是箱根[①]那样的地方能与之相提并论的。下了山就是稠桑街了。稍作休息，吃了一碗面条，没有酱油，只放了些葱和黄瓜，加上点粗盐，实在让人无法吃进去。大家身体疲惫不堪，精力也将用尽。可仍得继续步行。于是又走了二十华里。这里的里有大小之分。按大里算，日本的六丁为一华里，按小里十丁就是一华里。到阌乡县城还得再走上二十大里。总算是坚持走到了阌乡，天已经黑了。今天的行程是大里六十华里，按日本的里[②]算就是十里。以后要写到里数只要没有特别注释的就算作华里了。我们今晚住在城西门外的一

图 16　函谷关

图 17　函谷关内的道路

① 箱根：日本旅游胜地。位于神奈川县西南部有“天下之险”的箱根山上，距东京约 90 千米，是日本江户时代幕府设置的关卡。

② 里：日本距离单位，一里约 3927 米。

个马店。只在地上铺了一张草席，与其说是可怜，不如说是悲惨。

只要是有马车夫随行，住宿肯定是在城外的马店，城里没有驿站。如果旅客住城里，让马车夫住城外，第二天连行李带人都会不知去向。所以哪怕不愿意，也只能同车夫一起住在马店。我身体还很虚弱，没有一点食欲。和大家商量后，我一个人去城里的饭馆要了点粥，并在那里住了一晚。

六月四日（星期四）

一睁开眼睛，就看到饭馆二楼的顶棚。筱原久司睡在旁边，也睡在铺着草席的木板上。房东昨晚吸了大烟，还在打着很响的呼噜。过了一会吃早饭了，是红枣干饭和小米粥。我买了一根白萝卜，却辣得难以入口。九点的时候回到了马店，马却不见了。这时，车夫也不知道从哪里借来了两匹马，又可以出发了。从阌乡到潼关有六十华里（小里）。出了阌乡，地势渐渐升高，爬到最高处举目望去，南边群山连绵，北面黄河映入眼帘。下了坡就到了盘头镇的县城。在那里吃了点馒头面条，喝了点面汤，又吃了根油条。然后坐着行李车又走了二十华里，到了温地。那时天已经黑了。最终在这里住了一晚。虽说是住了一宿，但其实还是马店，有三间房子，一间房子的面积大约是可以放下两个榻榻米①，却要挤三个人。负责做饭的人做了拿手的猪肉汤，大家吃得津津有味，发出“啧啧”的声响。

夜空中，月亮在云中穿行，好清冷的光景啊。

① 榻榻米：日文词“畳”的音译词。是日本传统房间里的不可缺少的物品。是用蔺草编织而成，铺在居室里的“席”，呈长方形（约 90cm×180cm）。现在多用作面积单位。比如，这个房间有“6 畳”大，意思就是这个房间有六块榻榻米那么大。

六月五日（星期五）

继续前行便是温地，今天我们到了金陟关。这里处于河南和陕西的交界，属于陕西境了。从这里再走上二十华里就到达潼关。渐渐地，大山与黄河相逼，路开始变得狭窄而曲折，险峻至极，而路的尽头，就是著名的潼关。（图 18）它背枕秦岭，面临黄河，这又是一道关门——天下险要之地。此处的黄河宽而浅，汽车都可以直接蹚过去，人们把这里称作风陵渡。从陕州到这里，道路险峻迂回，山壑相间，是行路最艰难的地方。一旦过了这里，道路就平坦了许多，可谓是坦坦大道通长安了。（图 19）（图 20）

图 18　潼关 从河南省盘头镇经金陟关进入潼关

图 19　陕州西门外

图 20　陕州北门楼上眺望黄河

我肚子还是不太舒服，又坐上了马车。和我一样，筱原久司也坐了上来。调皮的三野清雄也来坐车了。就在要出发的时候，被两省交界处关卡的人给拦住了。原以为要收我们和同行的其他八位旅客的关税，其实不然。他们是想要征用我们的马。到县衙一问，据说是今天班禅喇嘛[①]要经过这里，需要用马，八点就可以归还。我们拿出护照，再三交涉，也无济于事，无奈只好在这里住一宿了。

六月六日（星期六）

因为身体的原因，我和筱原久司决定和大家分开走，从这里坐洋车到西安去。雇一辆车要十六块钱。

早上五点从潼关出发。想想真是可笑，一整天的时间都浪费在了潼关。这里在不管法、理，还是命令都行不通。军人和地方官员勾结在一起什么都干得出来，老百姓只能服从。

① 班禅喇嘛（Panchen Lama）：旧时西藏西部（后藏）政治和宗教的领袖。

出了关门，晨风吹拂衣领，但并未扬起尘土。太阳从关山[①]北边升起，黄河水金波荡漾。南边的群峰向西蜿蜒，北边是无际的大平原。西边一条大路穿过原野，路西的一排柏杨树伸向远方。池塘里碧绿的荷叶上，晨露如珍珠一样闪着亮光。走了三十五里就到华阴庙了。那庙是用来供奉西岳华岳神的。庙里有古老的柏树，叫秦柏。里面碑碣林立，槐、柳、柿、柏等各种树木郁郁葱葱，茂盛繁密。但是庙宇荒废太久，瓦砾散落，墙壁腐朽，完全是一个废弃的破屋子。华山在西南方，距这里五十里。遥望过去，参差的山峰直插云霄，有的像将要坠落的悬石，有的如竖起的利剑，有的仿佛屹立的仙人，真是名副其实的名山啊。这让我想起许浑[②]的诗句“残云归太华，疏雨过中条”。出了华阴，地势就与河南完全不同了。向南，远远的可以望见巍巍群山，向北，展开的大平原坦荡无垠。中间延伸着一条大道，不远处的小丘上立着白杨、柿树、神道碑，路旁还竖立着记有贤臣、孝子、节妇的旌表牌坊。古时候来自日本前往长安的遣唐使和留学僧们都要经过这条路，他们也看到这些景物了吧。这里的一草一木、一山一水都足以让人联想到历史。今天的行程七十五里，在华州留宿。

华州很美，人们的性情也很温和。晚上我们亲手做了菜粥吃。一轮满月高悬在我们住宿的马店上空，皎洁而明亮。想到已经靠近长安，作为旅人，我们那颗孤寂的心，也平添了一丝欢愉。

---

① 关山：有关卡的山，或关卡和山。

② 许浑（约791—858？）：晚唐诗人，著有诗集《丁卯集》。本文中所引用的“残云归太华，疏雨过中条”，是《秋日赴阙题潼关驿楼》中的诗句。全诗为：红叶晚萧萧，长亭酒一瓢。残云归太华，疏雨过中条。树色随山迥，河声入海遥。帝乡明日到，犹自梦渔樵。

六月七日（星期日）

清晨五点，我们从华州出发，茫茫晨雾弥漫在前行的道路上。雄伟的华山山峦连绵，伸向远方。地势渐渐地变得平缓，向西北方延伸，连接着无垠的平原。向前行驶三十里，便到了赤水镇。（图 21）这是一座乡间小镇。过了赤水镇，我们走在广阔的平原上，道路的两旁，槐树和柳树枝叶繁茂，地里种着罂粟。前行二十二里便到达渭南镇。渭南与渭水相邻，风光绮丽。我们在城中小憩，由于物资匮乏，吃了面条和馒头算是把午餐解决了。传说该城的西南处曾是秦始皇焚书的旧址，但并不正确。前行四十里是零口镇。这一日，天气燥热，在车上都已酷热难耐，更不用说那徒步的一行人有多难熬了。从零口前行十五里，渡过戏河便能在路旁看到蔺相如之墓[①]。（图 22）这里因蔺相如和廉颇刎颈之交的故事而出名。

图 21　赤水镇

① 蔺相如：生卒年不详，战国时代赵国的政治家，功绩显赫。是负荆请罪、刎颈之交的典故里的主要人物。

再行进十里，到达新丰镇。在其东南五里的地方，就是鸿门堡，它作为项羽、沛公的鸿门[①]宴的旧址而闻名于世。再前进十二里，便到达临潼。途中可见骊山。气势恢宏的秦始皇陵，下方上圆，位于骊山的北麓。此处每走一步所踩踏着的皆为古迹，仿佛为我们展示了一幅历史的画卷。骊山是蓝田山的北峰，正如其名，山的形状有如双马并驾而行，其山麓遗留着著名的唐代华清宫旧址。

图 22　蔺相如之墓

提起华清宫，便立刻让人联想到白居易[②]的《长恨歌》：

“春寒赐浴华清池，温泉水滑洗凝脂。……云鬓花颜金步摇，芙蓉帐暖度春宵。……骊宫高处入青云，仙乐风飘处处闻。缓歌慢舞凝丝竹，尽日君王看不足。”

许浑也曾吟叹道：“闻说先皇醉碧桃，日华浮动郁金袍。[③]风随玉辇笙歌迥，云卷珠帘剑佩高。”

---

① 鸿门：秦末重大历史事件鸿门宴的发生地，位于陕西临潼城东的鸿门堡村。秦二世三年（前 207），项羽在巨鹿（河北平乡）歼灭了秦的主力军，率军入关后，在此宴请刘邦，史称鸿门宴。

② 白居易（772—846）：字乐天，中唐诗人。语言平易流畅，通俗易懂，题材广泛。代表作《长恨歌》。

③ 闻说先皇醉碧桃，日华浮动郁金袍：引自许浑的《骊山》，诗名一作《途经骊山》，一作《望华清宫感事》。全诗：闻说先皇醉碧桃，日华浮动郁金袍。风随玉辇笙歌迥，云卷珠帘剑佩高。凤驾北归山寂寂，龙旂西幸水滔滔。贵妃没后巡游少，瓦落宫墙见野蒿。

我仿佛看到玄宗与杨贵妃的玉辇[①]叮铃叮铃响着，从宫门出来。但这也不过只是属于文学的世界而已，只是被美化了的天宝文化的意象。吞六国、筑长城、于阿房宫东端自建陵墓，誓言纳万世之敬仰的始皇又如何，脆弱地只传到二世，秦便灭亡了。作为繁荣一时的标志，这个陵墓如今也只是孕育着夏日芳草的一堆土罢了。

温泉之水至今依然滑润如初，但那不久之后，玄宗便蒙尘[②]逃亡四川。历史的车轮总是不断前行而毫无回转的余地。回顾荣枯盛衰的历史，现实真令人感伤又深感痛惜。时有今昔，世有兴亡，唯有超时空的大自然之河川方能万世永存。渭水清澈，湍流不息；骊山青翠，巍然屹立；夕阳沉落，余晖映天，鱼鳞状的云彩飘浮在空中。从临潼的东北门进去，出南门到华清旅馆，由于是军营而不得进入，于是就借一间房的一角小憩。我们和中国人一起到地塘[③]洗澡，今天晚上吃的依然是面条和馒头。时值十六日，一轮皓月悬挂在骊山边上，温泉四周也飘浮起白蒙蒙的蒸气。想来唐玄宗和杨贵妃也曾共赏过同一轮明月啊。（图23）

图23　乘马车去西安（临潼附近）

① 玉辇：天子所乘之车。车子装饰有很多玉。

② 蒙尘：这里指皇帝被驱逐出宫廷，在外流亡。唐玄宗因“安史之乱”逃出长安奔走成都。

③ 地塘：挖土存水的水池。

六月八日（星期一）

今天终于要进入向往已久的西安了。早上起得很早去泡了骊山的温泉。华清宫的古迹已经变成了军营，但是出示了护照还是得以进入了玄宗皇帝和杨贵妃所用的温泉。温泉的池子分为两部分，里边的水澄清略带蓝色，是硬水，有涩口的感觉，也能闻到硫磺的味道。上面有屋顶，立柱的柱础上仍然残留着唐代雕刻着莲花花瓣模样的双盘。匾额上写着“神水验名医”。流水又分别流向两个浴池，这叫作鸳鸯池。在站岗的士兵保护下我们悠然入浴，而后又参观了两三座建筑物就离开了。

出了临潼沿着长着繁茂石榴树的路向西，就是过去的梨园。关于梨园的旧址由于众说不一，因此也不知道明确的地点在哪。再走十五里就到了斜口。过了斜口再向西北走就是灞桥[①]。灞水源自蓝田县东，向北流入渭水，是“关中八水”之一。长安城横穿灞水而建，其桥名为灞桥。（图 24）古代长安的名士送别友人，都要送至此桥折柳相送，表示留别之意。现在堤岸上仍然残留着许多枝叶茂盛的古柳。河宽大约有三百步，桥是石头筑成的。桥的两侧分别有牌楼，东侧的牌楼上写着“东楼崤函”[②]，西侧有“西通关陇”[③]的字样。过了灞桥十里，就是浐桥了。（图 25）浐水也是“关中八水”之一，源自蓝田西南，向北流和灞水汇合以后流入渭水。过了这座桥，就是城邙了。城邙在长安东，是南北狭长的丘陵。《宋高僧传》和《陕西通志》里面记载，一行[④]死后葬于铜人原。《府志》中记载铜人原

---

① 灞桥：古代长安灞桥两岸，十里长堤，种植着许多柳树，由长安东去的人多到此地惜别，折柳枝赠别亲人。

② 东楼崤函：“楼”的意思是箭楼，“崤”指位于河南省洛宁县的崤山，“函”指函谷关，是河南省险要的重地。意思就是东面可以从箭楼上远眺崤、函的座座山峦。

③ 西通关陇：“关”的意思是陕西关中，“陇”的意思是甘肃。此句意思为西边可以通往陕甘。

④ 一行（683—727）：唐玄宗时期的高僧。又称大慧禅师，师从善无畏、金刚智，位列密教传持八祖第六位。

图 24　灞桥

图 25　泸桥的牌楼

应在灞桥的东北，由于时间久远，现在也无从考证，空海在所著的惠果[①]和尚碑文中记载惠果和尚死后葬于城邙，现在也无从得知了。千里迢迢要追寻祖师的遗迹，然而在这茫茫的平原上又无处探寻，也只能仰天长叹了。城邙的一角即为长乐坡。我想象着，古代的遣唐使藤原贺能和学问僧空海，他们跋山涉水，千里迢迢来到大唐，站在此地——长乐坡，远望日夜向往的长安，然后跨上大唐特意为他们准备的二十匹骏马，策马入城的风采，我真是感慨万千，不堪今昔之别！这就是古代的长安啊！站在长乐坡上，向西眺望长安，只看见辽阔的平原上矗立着宏伟的城郭，屹立着大慈恩寺的塔和大荐福寺的塔，这是多么壮观啊！

皇居帝里崤函谷，鹑野龙山侯甸服。

五纬连影集星躔，八水分流横地轴。

骆宾王[②]如此歌咏过，帝王之城确实雄大啊。陕州以来，历经波折才到此地，如今大家无限憧憬的长安就在面前，所经历的艰辛和疲劳顿感消失。

行八里，至东郭门，再行三里，便是长乐门。（图 26）进了门就是东大街了。过了兴庆坊，就进入了端履门大街。这里

图 26　西安城长乐门

① 惠果（746—805）：唐朝高僧，位列密教传持八祖第七位。京兆昭应人（陕西人），受到代宗、顺宗的信任，被尊为国师。日本僧人空海是其晚年的弟子。

② 骆宾王（627？—684？）：初唐诗人。初唐四杰（王勃、杨炯、卢照邻、骆宾王）之一。本文中所引用的是其名作《帝京篇》的一部分。该诗描写了长安的贵族极尽奢华的生活景象，但是其名声地位均如浮云般飘忽不定，不可持久。

有位刘东轩[1]先生，（图 27）曾经留学日本，夫人是日本人。同文书院的学生旅行团每年都会借宿于他家。我们此次也承蒙刘氏夫妇的盛情款待。因为书院的学生来了，四五位现在定居在中国的日本女性，从各个地方聚集于此，对我们的到来表示欢迎，她们有的和中国的医生结婚，有的和县令结婚。我们乍一见便热泪盈眶，见到日本人太亲切了，百感交集，无以言表，只有相拥而泣。在这里的数日，由于我们两人拉肚子很虚弱，她们特意给我们熬了葛根[2]汤，才使我们慢慢恢复过来。在此期间，徒步的一行人先后赶到了。大家相视而笑，晚上围成一桌共进晚餐，尽情享受着白花花的大米饭。当晚挤在楼上的一间屋子里并排入睡。

图 27　刘东轩先生一家

六月九日（星期二）

我们在长安住了一晚。与西安比起来，我们更怀念长安的叫法。毋庸

① 刘东轩（1876—1947）：陕西兴平人，1904 年作为清朝的公费留学生赴日留学。毕业于日本法政大学法律系。其夫人是日本人。从日本回国后，一直居住在西安。曾做过律师、棉花商。

② 葛根：为豆科植物野葛或甘葛藤的干燥根。葛藤可制麻织布。葛根制成粉可以冲水喝。

置疑，长安是自汉惠帝时期修筑未央宫后才使用的名字。之后，前赵、前秦、后秦、西魏、北周皆设都于此，隋、唐两朝将都城设于旧城的东南处，这期间长安达到了鼎盛时期。如今的西安城建造于旧唐城的古迹之上，仅仅占唐代长安城的五六分之一。五季①之乱之后，屡屡遭遇兵燹②而长期荒废。入明之后得以重新修葺，但得以完整保存的遗迹并不多。从卢照邻③的《长安古意》中，多少可以领略到昔日唐长安城的繁华。

长安大道连狭斜，青牛白马七香车。
玉辇纵横过主第，金鞭络绎向侯家。
龙衔宝盖承朝日，凤吐流苏带晚霞。

由此，我们不难想象当年的繁华之景。另外，在城东南处至今仍遗存着大慈恩寺里的大雁塔。唐代诗人岑参④登塔有感：

塔势如涌出，孤高耸天宫。
登临出世界，磴道盘虚空。
突兀压神州，峥嵘如鬼工。
……
连山若波涛，奔凑似朝东。
青槐夹驰道，宫馆何玲珑。

登塔俯视长安城，城内外竟是如此一派绝美的光景！大雁塔南面是曲江，西面是乐游园，传说在荷花盛开的季节里，长安城的绅士、淑女们着

① 五季：唐末新兴的五个国家。指后梁、后唐、后晋、后汉、后周。

② 兵燹：由野火或战乱引起的火灾以及所造成的灾害。

③ 卢照邻（640？—680？）：初唐诗人，“初唐四杰”（王勃、杨炯、卢照邻、骆宾王）之一。本文引用的是其代表作《长安古意》，诗笔纵横奔放，富丽而不浮艳，为初唐脍炙人口的名篇。

④ 岑参（约715—770）：盛唐诗人。752年，岑参与高适、薛据一同登上大雁塔作《与高适薛据同登慈恩寺浮图》，致使此地被称为天下的游览胜地。本文引自该诗。

盛装驾马车前来游览，连印度、西域以及世界其他各地的有识之士也聚集于此，陶醉于大唐文化之中。这一定不是夸张。

现在西安城里保存下来的只有大慈恩寺塔（大雁塔）、大荐福寺塔（小雁塔）、大兴善寺、碑林等，远不及史上的万分之一，而且也没有远古的气息。（图 28）

图 28　小雁塔

今天从早晨就开始下雨，我静静地躺在刘家二楼，缓解一下旅途的疲惫。下午，刘家儿子尽东道主之宜带我们去游碑林。（图 29）从端履门街的南口进，朝西走，碑林在孔庙的西侧。入口处有个叫博古堂的卖拓本的小店，专门面向日本人做生意。进入碑林，果然石碑如林并排伫立，汉碑以及六朝、唐、宋、明直至清代的碑，其数量多达数千座吧！据说唐代开成

图 29　碑林入口

二年，国子祭酒郑覃等人校对《周易》《尚书》等十三经[①]的石经，力争石经都准确无误。那些石经就在眼前。另外关中的其他的碑碣也都珍藏于此，其中包括多宝塔、圣教序、不空三藏碑以及景教碑。最终，我选中了一本拓片集，就是把西安碑林中有名的五十五块石碑，制成拓片汇集的册子，我购买了一本并委托他们送到了北京。之后，我们游玩西门附近的梆子市街之后返回住处。晚上吃着聚集到刘家的太太们亲手做的锄烧[②]，喝着地方名酒苦南酒，一行人兴致颇高。

六月十日（星期三）

清早，我们四五个人一同出了南门。（图 30）城外壕沟围绕，沿路的白杨树高大笔直，茂盛挺拔。在南门外的郊区，沿着田垄向南行约十丁（1090 米），便到达大荐福寺塔。（图 31）大荐福寺在唐代都城的朱雀门街以东，北边第二开化坊里。善无畏三藏曾在此修行，唐代神龙以后，佛经的翻译活动都在此寺内进行。现在寺内保留有山门、中门、佛殿以及四角十三层的砖塔，但塔内不允许登爬。这里现在被用作兵营，只有这个塔才是当时唐代遗留的建筑。出了大荐福寺向正南方走十丁，在一片田野的正中央看见大兴善寺。（图 32）该寺应在唐代的靖善坊内，是不空[③]三藏的住房，

① 十三经：指《周易》《尚书》《诗经》《周礼》《仪礼》《礼记》《春秋左传》《春秋公羊传》《春秋穀梁传》《论语》《孝经》《尔雅》《孟子》十三部儒家经典。

② 锄烧：日本家庭料理的一种。将肉和大葱、豆腐等边煮边吃。

③ 不空（705—774）：斯里兰卡人，师从金刚智，为密教传持八祖的第四祖。他自幼来华，通晓中国的语言和文化，他灌顶译经，功绩显著。至德二载（757）肃宗还都以后，备受皇帝的礼遇。居灌顶师位四十余年，受法门人以万计。

图 30　西安 永宁门（南门）

图 31　大荐福寺

图 32　大兴善寺南门

图 33　大慈恩寺

陈列在碑林里的那块不空三藏碑原先是陈设在这里的。山门上挂着大兴善寺的匾额，如今已经甚是荒废，成了士兵们的宿舍。在朱雀街以西的第七坊延康坊应该有个西明寺。于是我们便往那个方向去寻找，但完全看不到西明寺的影子。离开这里便径直去看大慈恩寺。（图 33）它位于唐城朱雀街以东、第三街的晋昌坊、启厦门[①]入口处。里面有座四角七级三百尺的砖塔。唐代神龙之后，每年在此张榜题名考中进士[②]者，成为惯例，并保持至今。传说曾有一只大雁从这飞过，掉下来而被埋在了这里，由此该塔被命名为大雁塔。（图 34）与此相对，大荐福寺的塔又被称为小雁塔。登上大雁塔，向南远眺，隐约可见终南山，北面可见大唐故城旧址，位于渭水南岸方圆四十里，向西远眺，零星可见五陵[③]。塔附近的东南方有曲江旧址，（图 35）北边即现在的城郭南面，有些地方，原来的街坊痕

① 启厦门：即“启夏门”，应为作者笔误。

② 进士：科举科目名称。科目很难，据说唐代一千名考生中仅有三十名合格。

③ 五陵：指长安郊外汉高祖以后五帝的陵墓。分别是长陵（高祖）、安陵（惠帝）、阳陵（景帝）、茂陵（武帝）、平陵（昭帝）。

图 34　大雁塔

图 35　西安南郊曲江

迹，原田每每。外围种满防风林的村落也依稀可见。所谓麦秀[1]之叹大概就诸如此类吧！从前弘法大师空海灌顶[2]之地的青龙寺[3]在哪一带呢？近处

① 麦秀：即《麦秀歌》，《麦秀歌》是商朝的王族看到商的国都变成一片废墟而作的歌。后以“黍离麦秀”为亡国之痛的感叹。创作年代大约在公元前 1050 年，是中国现存最早的文人诗。本文的麦秀具体表现了作者对于昔日的繁华都市长安如今变成荒野的感叹。

② 灌顶：佛教用语，真言宗中，给入佛门的人或地位较高的修行者头上洒甘露水的仪式。

③ 青龙寺：是坐落在唐代长安城新昌坊的一座佛教寺院。隋文帝创建灵感寺，至唐景云二年（711）改名为青龙寺。唐末之后，不知其变迁之详情。日本人至今对该寺情有独钟的原因是：唐朝时，空海在此寺学习密教。回国后开真言宗，拥有众多信徒，并且信仰空海的人也遍及全日本。为此，日本的宗教界人士、历史学家，都在追寻一时下落不明的青龙寺遗迹。在 1963 年的发掘调查中，确定了青龙寺的现在位置。在之前曾确定西安市南郊祭台村石佛寺就是青龙寺的遗迹，但这是一个错误的断定。

小丘磊磊，寻此探彼，皆非所求，尚知今日寻古何其难，追怀之思焉能尽！下塔，穿过泛黄的麦田返回城里。

城内宝庆寺里残存着一座六角七层的塔。（图 36）这也是唐代的建筑，内部镶有佛像，此佛像做工极其精细。（图 37）之后，我们游览了西城和图书馆。这里有古物陈列所，收集了长安附近的石佛、金佛、石人、石马。回到住处，刘先生刚好也从华阴回到家。（图 38）听说青龙寺在南门外东南五里一个叫祭台村的地方，那里有小学，其内有座石佛寺，也就是原青龙寺的旧址。明天定要去看看！

图 36　宝庆寺塔

图 37　宝庆寺内佛像

图 38　陕西华阴附近的原野

六月十一日（星期四）

今天要去参观青龙寺古迹，我便早早地独自一人从南门出发了。按刘先生所说的，我向大雁塔方向行进了大约三里（日本里数）后，又向东南走了大约一里，没多大功夫便到了祭台村。村子有八十来户人家。有一所小学校，在一扇门前立有石马，门上题有“古石佛寺”几个大字。（图 39）寺院虽小，但是设有佛殿。（图 40）青龙寺原本位于唐京城朱雀街东第五街，即皇城东第三街由北向南第八家的新昌坊的南门以东。现在，看一下我们的大致方位：西南偏南处可见大慈恩寺，大荐福寺则在西北偏西处。北背丘陵，南则视野开阔。《长安志》里写到青龙寺北枕高原，南望爽垲，为登眺之美。那么，青龙寺就该在这附近吧。唐坊应该还留有基础吧，以保留至今的两座塔作为线索来寻找其遗迹的话，应该不难找出其原址的。或者通过研究发掘文物得到实证也能够明确判断出其所在位置。然而，我

图 39 西安石佛寺

现在并没有做这些事的时间。桑原隲藏先生[①]和新义真言宗[②]的和田辨瑞师曾经认定此处便是青龙寺遗迹，我也有着同样的认识。（图 41）

图 40 石佛寺佛殿

应寺院僧侣之邀，我在寺院大殿的墙壁上题词后便离开了。（图 42）题词为："大正十四年六月十一日予谒此处，该寺是青龙寺之故址，密教根本道场也。嗟法灯既绝，和尚逝久，感慨无量。所愿法灯再燃，佛日增晖。日本国密乘沙

① 桑原隲藏（1870—1931）：东洋史学者，文学博士，日本京都大学教授。引进欧洲的史学研究方法，创建日本东洋史学。

② 新义真言宗：从空海开创的高野山真言宗派生出的宗派。高野山真言宗叫古义真言宗，以根来山大传法院为本山的真言宗叫新义真言宗，尊空海为高祖。

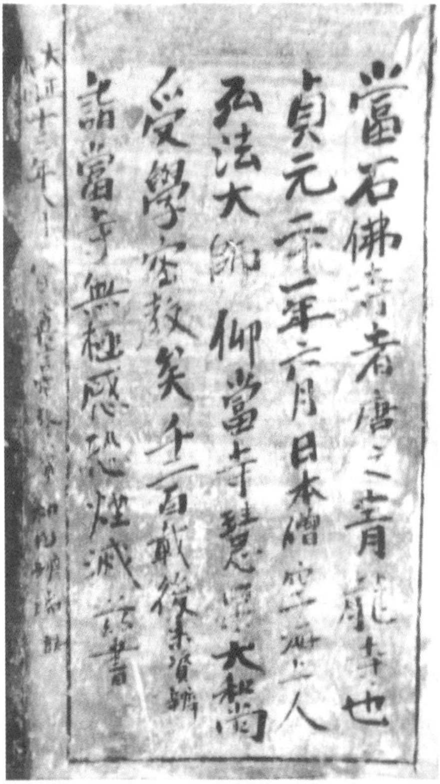

图 41　和田辨瑞题词

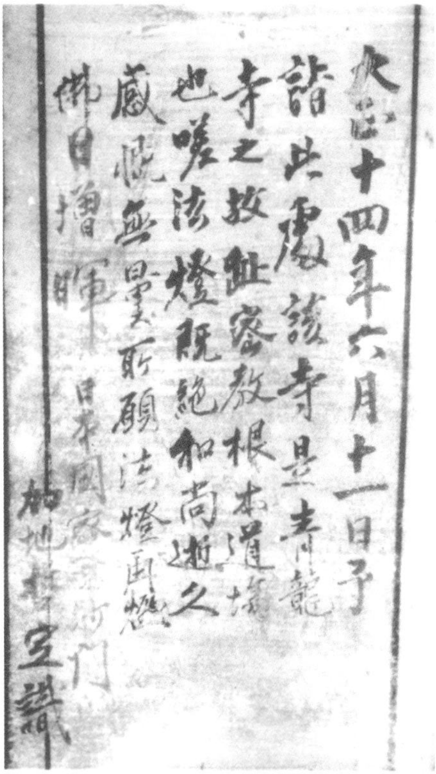

图 42　加地哲定题词

门，加地哲定识。”

【注】（作者原注）据说昭和八年（1933）中秋后五日，朱庆澜将军将再建寺庙。

查阅《唐会要》等历史文献，则知这里曾经有几千座佛教寺院。长安城内大大小小的寺院有好几百座，但现存的已为数不多，而且有的寺院与从前的名字不同，所在地也有所变更，所以，其现址也不为人所知。若要一一调查的话，工作就无止境了。般若三藏[1]的故居醴泉寺现如今地址不

① 般若三藏（734—？）：印度人，唐时入长安传法的高僧。翻译了《华严经》，并奉召在醴泉寺翻译《心地观经》。

详，连西明寺现在也在城西六十里处了。我试着询问了一下卧龙寺的住持密智和兴教寺的住持妙润等几位得道高僧，可是他们仅知道华严寺和草堂寺以及众所皆知的大雁塔、小雁塔的历史，其他寺院的情况全然不知。卧龙寺位于端履门街南；兴教寺是从隋唐开始便驰名的名寺，也是玄奘三藏[①]的圆寂之地；华严寺在樊川南二十里，院内有杜顺[②]塔；草堂寺距城西八十里，院内有罗什[③]塔。

六月十二日（星期五）

由于没有及时雇好马车，今天还要在长安待一天。据来自上海的一篇报纸称上海的中国学生因对日纱问题深感同情，对租界[④]进行了游行示威活动，遭到印度巡查的枪击，死伤数名。中国的排外运动好像从排日逐渐扩展到排斥其他国家了，各地檄文不断，纷纷开始了积极的宣传工作。这则报道的日期是六月一日，今天，终于传到了西安人的耳朵里了。

不知在接下来的旅途中，事态会如何发展。对此我深感不安。

---

① 玄奘三藏（602—664）：唐朝高僧。又称三藏法师。太宗时期赴印度求法，历时 17 年，回国后翻译了大量经典。是汉传佛教史上最伟大的译经师之一，中国佛教法相宗的创始人。

② 杜顺（557—640）：华严宗初祖。资性柔和，不思恶事，唐太宗闻其德风，召之入宫，礼遇有加。后游历郡国，劝念阿弥陀佛，圆寂于南郊义善寺，享年八十四。葬于樊川北原，长安华严寺中有纪念塔。

③ 罗什（344—413）：即鸠摩罗什，祖籍印度，生于龟兹国（今新疆库车）。于 401 年入长安，翻译《法华经》《阿弥陀经》等诸多佛教经典。由于译文简洁易懂，所以深受众人的喜爱，广为流传。

④ 租界：租界是指两个国家议订租地或租界章程后，在其中一国的领土上为拥有行政自治权和治外法权（领事裁判权）的另一国设立的合法的外国人居住地。在中国是指近代历史上帝国主义列强通过不平等条约强行在中国获取的租借地的简称，多位于港口城市，由外国人实行行政管理。1845 年 11 月 15 日，英国在中国上海设立了近代史上的第一块租界。

下午参观了西门外的崇圣寺①。出西门行进约三华里后，在道路北侧坐落着一座古色苍然的寺院。这便是崇圣寺。该寺始建于隋朝，最初名曰济度寺，唐贞观年间，唐太宗将其改称为灵宝寺，至仪凤三年并灵宝、道德二处为崇圣寺，这便是如今的崇仁寺。（图 43）这附近应该是醴泉坊，有旧波斯胡寺、祆祠以及醴泉寺。据《长安志》②记载位于皇城西第一街、从北边数第四坊的布政坊，其西南角有胡祆祠，可以推断皇城的西北方曾是异教徒聚集居住的地方。

图 43　西门外的崇仁寺全景

① 崇圣寺：崇德坊内原有二寺，东门有道德尼寺，西门有济度尼寺。唐太宗贞观中期，道德尼寺移往他处，叫崇圣宫；济度尼寺移往他处，叫灵宝尼寺。高宗仪凤三年（678）又将两寺合并称作崇圣寺。后来将崇圣寺移往普宁坊，寺名为崇仁寺（又称金胜寺）。但是，本文中所写的寺庙是不是崇仁寺，便不得而知了。

②《长安志》：北宋宋敏求所撰写。他搜集与长安有关的历史实录、传记、家谱、古志、古图、碑刻、笔记等，整理编撰成书。全书 20 卷，记述长安的坊市、街道、宫室、官邸、雍州府县的政治，官员的职务，地方上的河渠、关塞、风俗、物产等。

在崇仁寺境内曾经发掘过八尊石佛头像，如今被供奉在佛殿里边。我觉得这应该是唐朝的作品，佛像头部梳着螺发，戴着宝冠，表情忍辱柔和，让人不禁浮想其当时的风采。

六月十三日（星期六）

舟车的交涉还没有任何进展，所以今天还须在长安再待一天。明天要去渭城了，就利用今天，好好休息一下，顺便整理一下长安的风情和自己的心绪。首先，拙作古诗一首。

长安怀古

渭水东流雍关遐，长安古今人事多。

蓝田玉烟云间还，曲江草深石见荷。

桑门道士栖息地，终南山上今奈何。

慈恩荐福今犹在，青龙何处陵波阿。

落日古城千古恨，银鞍白马埋麦禾。

圣王蒙尘蜀山路，今看贵妃马嵬坡。

灞水杨柳枝犹繁，主客离情共吞沱。

铜人原上一行墓，茫茫漠漠年岁过。

骊山北麓温泉滑，荣华不知空治痾。

周秦汉唐王城迹，荣枯盛衰一笑呵。

接下来，首先就是钱的换算，这是相当麻烦的事了。例如，一个银圆相当于三百钱铜子儿（铜币），一个铜子儿相当于吊子小纸币二十文，这样一来，一银圆就相当于五千八百或六千吊子（文），后来青铜钱代替了吊子，一枚就是一文，而且铜货和吊子的价值在各地却是有差异的。要掌握这些货币间的换算是很难的，在盛唐时期人们都说“牡丹一株何万文”，若是用现在的货币换算方式来计算的话，真有点难以想象。

其次，要记录一下老鹰那敏捷的动作了。假设路上走着一个男子，他看起来心不在焉，而且手里还拿着食物，那么树上的老鹰一看到，便会伺机进攻，迅速将其手里的食物抢走。正如日文谚语里有一句“油炸豆腐被老鹰给抢走了”，比喻好不容易到手的宝贝被突然抢去，在我们这一行人之中，总是那些看起来落落大方的同伴被袭击，吓人一跳。

最后，就是关于三种美酒了，苦南酒、天南酒以及米酒。在夕阳西下的黄昏时分，走上街头，只见街边已架起了煮着米酒的锅子，一杯大约两百文。你还可以根据自己的喜好加一颗鸡蛋进去，又是另一番风味。

虽然现在写着如此惬意怡情的事，但明天还是要继续辛苦的旅行。我们一行十四人在刘先生家打扰了七天之多。要照顾这么多人，他们是多么劳累呀！真的感谢，感恩！

六月十四日（星期日）

一大早，我们便告别了长安。再见吧，长安！再见了，雄伟连绵的终南山！再见了，不知何时会遭遇毁灭的大慈恩寺的塔！我要讴歌，讴歌让我领略中华雄姿的大唐文化！同时也向风韵不再的古都长安城址以及埋葬了无数古人的原野，道一声再见！

我们乘坐一辆骡车驶出西门。我们走南路的九人同走北路的五人告别后，便向兰州方向行进。沿着西郊柳树成荫的道路，我们向西北方前进，来到了前天刚参观过的崇圣寺门前。这便是龙首原的故址。距此十五里的三桥镇，其西南十里处便是秦阿房宫遗址，其东北五里处是汉未央宫遗址，镇上的东镐水[①]便是周代镐京故地，真可谓每一步都充满了历史。（图

① 镐水：即滈水，应为作者笔误。

图 44　沣桥

图 45　咸阳 文王陵

44）现如今已没有了往日的辉煌，能看到的只剩下寂寥宽阔的平原了。临近咸阳的地方有一条沣水。清洌的河水中，鱼儿欢快地游来游去。我们在这里乘凉，洗了浸满污垢的汗衫，趁着衣服晾干的当儿我们午睡了片刻。不久，我们便从南大门进入咸阳城。（图 45）咸阳曾是秦朝的都城，南至渭水，北负丘陵，因山水皆位于阳面则称之为咸阳。这里是一个天然城郭，所谓的“秦川八百里”①便在此了。放眼城北，在十五里处可见一个又一个的土包，那便是周代文武成康诸王的陵墓以及周公、太公、鲁公的诸公陵墓。

渭城朝雨浥轻尘，客舍青青柳色新。

劝君更尽一杯酒，西出阳关无故人。

王维的乐府②《渭城曲》，便诞生于此地。

如今的咸阳城没有一处可看的。这里距长安城大约五十华里。今晚要

① 秦川八百里：指陕西甘肃秦岭山脉以北的平原地带。

② 乐府：是汉代建立的管理音乐的一个宫廷官署。由乐府采集各地歌谣并制订乐谱。后来，人们就把这一机构收集并制谱的诗歌，称为乐府诗，或者简称乐府。本文引用的是王维的《乐府诗集》中的《渭城曲》。

寄宿在西门外的马店里。我不由得想起了许浑的《咸阳城西楼晚眺》[1]中的诗句“一上高城万里愁”。

六月十五日（星期一）

一大清早我们便从咸阳出发了。早晨的咸阳被晨雾笼罩着。咸阳向西有两条路，南路和北路。走北路的话，越过六盘山就到兰州了，走南路的话，要经过渭源、狄道，然后抵达兰州。人们多走北路，南路人迹稀少且路途艰难。从凤翔往南越过秦岭山脉就是蜀栈道。玄宗皇帝也是走此路到凤翔的。此路平平坦坦，南临渭水，北负丘陵，这些丘陵都高低不同，东西七十多里长。如此雄伟的景色在日本是看不到的。在离开咸阳约二十五里的地方有个马跑泉，传说唐太祖[2]来此地田猎时，把马拴在树上，恰巧在那个时候有清泉涌出。涌泉如珠，清澈见底。我们在这里吃过中午饭后，又走了大约二十五里路便到了兴平县。远远地便可看到城内有两座高高耸立的塔。接下来便到了马嵬坡，因杨贵妃香消玉殒于此而名扬四方。

九重城阙烟尘生，千乘万骑西南行。

翠华摇摇行复止，西出都门百余里。

六军不发无奈何，宛转蛾眉马前死。

《长恨歌》如此描述了当年的情景。如今在马嵬坡还有祭祀杨贵妃的祠堂。据记载，当年玄宗西狩[3]，贵妃逃至此地，贵妃因叛贼所逼而被赐

---

① 《咸阳城西楼晚眺》：作者许浑。该诗又名《咸阳城东楼》。全诗：一上高城万里愁，蒹葭杨柳似汀洲。溪云初起日沉阁，山雨欲来风满楼。鸟下绿芜秦苑夕，蝉鸣黄叶汉宫秋。行人莫问当年事，故国东来渭水流。

② 唐太祖：即李虎。李渊建立唐朝后，追封其祖父李虎为太祖。

③ 西狩：指天子离开都城逃往西方。

图 46　马嵬坡 唐杨贵妃之墓

死，玄宗悲伤至极，逃亡蜀地。如今镇西一里路的北侧还留有贵妃墓[①]（图 46），写着碑记“唐元宗杨贵妃之墓”。旅行至此的人感慨万分，赋诗一首，将其刻在墓门侧面的碑上。再走十五里便到了扶风镇，这里有土匪窝之称，令马夫们也十分恐惧。据说今天之内便能到达武功。我们宁可步行也不愿意遭土匪袭击，于是便拖着两只沉重的脚走到了武功。今天一共走了一百四十多里路，大家都十分疲劳，谁都不说一句话。原本打算住在南门外的马店里，后来去县衙门拜访了一下，应王集才县令盛情之邀我们便住在衙门里了。而这位王县令的夫人，就是前几天不顾路途遥远，曾到长安来欢迎过我们的那位十分温柔贤淑的日本女性。

六月十六日（星期二）

武功位于沐浴河和武亭河的交汇处，东西北三面皆为丘陵，地势低凹，形成一个天然城郭。据《旧唐书》中关于《一行传》的记载为：“一行姓张，魏州昌乐人……父擅，武功令。”这样说来一行禅师也出生于此吧。

温厚笃实的县令王集才来给我们送行，中午十一点，我们启程离开武

① 贵妃墓：位于陕西兴平马嵬镇西。墓碑刻有“唐元宗贵妃杨氏墓”。为乾隆四十一年（1776）所建。

功。武功以西，渭水渐渐远去，丘陵带一层比一层高。道路的上一段是平原，越过平原便又是坡。就在我们不断攀登坡道越过平原的时候，地势也越来越高。在这个一望无际的原野上，看不见一棵树，见不到一条河，更别说想找来润润嗓子的清水，那种艰辛难以言表。只有咬紧牙关忍着，就这样终于走到了扶风。不过，在路上，我们还有了一个收获，那就是我们发现了被杂草遮盖住的汉班固[①]的墓碑。（图 47）我们去了扶风县衙，把武功县令王集才所写的介绍信给他们看了之后，他们只言左右而并没有表现出热情挽留之厚意，于是，我们便决定投宿在西门外一家有臭虫的马店。傍晚时分，扶风县立高等小学校的老师来邀请我们去学校留宿。（图 48）

图 47　班固墓

图 48　扶风县立高等小学校的老师

① 班固（32—92）：后汉历史学家。陕西扶风人。代表作《汉书》。然而编纂《汉书》未竟而卒于狱中，其妹班昭承其遗志，独立完成了第七表《百官公卿表》与第六志《天文志》，《汉书》遂成。

我们留下两个人看行李，其余七人便去了学校。在校园后面有一处清泉，我们润了嗓子，洗了身子，休息时已经十一点了。今天行进路程共计六十里。

六月十七日（星期三）

我们没吃早饭便离开了扶风，大约走了十五里路到达伏波镇。在一家卖甜酒和粽子的店里我们吃了早饭。又走了十五里路，到达一个叫益店镇的地方。在这儿我们吃了面条和小米饭。由于天气甚热，体乏如棉。我们便午休到下午三点，然后又走了二十里到了一个小镇，有一家卖砚台和磨石的商店。过此地，又过了一座桥便看见路南有一题名为“五丈原”的石碑。（图49）据《诸葛传》记载，当年诸葛亮率兵从斜谷出来，凭依武功五丈原，与司马懿对峙渭水以南，双方相持百余日，后染疾死在军中。杜甫也曾感叹道：

图49　五丈原碑

三顾频烦天下计，两朝开济老臣心。

出师未捷身先死，长使英雄泪满襟。[1]

---

① 引自杜甫《蜀相》。全诗：丞相祠堂何处寻，锦官城外柏森森。映阶碧草自春色，隔叶黄鹂空好音。三顾频烦天下计，两朝开济老臣心。出师未捷身先死，长使英雄泪满襟。

杜甫追念古代贤达英雄的心，实在令我感慨无量，如今的五丈原位于这块石碑的南侧，已是一片广袤千里的原野。到了岐山县，在其东郊附近一里处的北侧，立着一个刻有“周文王故里”的石碑。（图50）经过一丁（约109米），在路南的诸葛侯祠旧址上看到一个石碑。（图

图 50　周文王故里碑

图 51　诸葛孔明祠石（岐山县）

51）我们沿路见到很多路碑、道碑，都是歌颂节妇孝女和德政的石碑。

岐山县位于东北走向的岐山之南，是周文化的发祥地。古公亶父[1]曾将都城设于此地。据说由于周文王的德化政策，普天之下三分之二的民众都归服周文王。而如今的岐山县却与此截然相反，成为土匪的老巢。据说他们有时

① 古公亶父：周文王的祖父，周太王。初建国都于豳（bīn）（今陕西旬邑西南）后又迁都岐山周原，国号为周。

会集结数千人的队伍来袭击外乡人。幸运的是我们平安脱离了虎口[1]，来到了岐山县。岐山县是一个南北窄，东西长的城镇。进了城，我们先去拜访了县衙门。县令王永佑毕业于早稻田大学[2]，日语流畅，器宇轩昂，意气风发。在一起共进晚餐后，他便安排我们住在县教育局内。

六月十八日（星期四）

在教育局度过的这一晚，酷热难耐，横遭蚊虫叮咬，无法入睡。加之由于疲惫，淋巴腺肿胀不能行走。无奈之下又乘上板车，向岐山而去。岐山西边的路上有很多路碑、道碑，极目远眺，目之所及，碑石林立。难道是因为此地位于民风淳朴、道德观念底蕴深厚的岐山凤翔地界，继承了自古以来周朝的文化遗俗？从这里开始，山峦渐渐逼近，山水风光渐佳。终于抵达凤翔。今日行路五十里。

凤翔有这个地方不多见的繁华街道。城内商店里货品琳琅满目，想必一般的必需品都在此处交易吧。我们进凤翔城前目睹了一个令人战栗的画面。路旁的功德碑上挂着人的首级，碑上还残留着斑斑血迹。从马夫口中得知，那是土匪的枭首。岐山西有甘肃省的军队把守，他们不像蛮横粗暴的河南兵，训练严格，纪律整然有序，是他们剿了土匪的老巢。虽说恶有恶报，但是眼前的情景也太残酷了。土匪也是因为无法填饱肚子而成盗贼，如果有良政谁又喜好去偷盗呢？我不是说对土匪表示同情，而是想诘问为政者。古来受文王德政教化的此地，却在功德碑上让人看到如此残酷的景象，由此不得不想人是多么可悲。

---

① 虎口：比喻十分危险的处所或事情。

② 早稻田大学：创立于1882年，位于日本东京，是一所著名的私立学校。二十世纪初就有很多中国留学生来此校学习。

自凤翔始，道路一分为二。向西行经过陇州秦州直通渭源。向南越过秦岭山脉入汉中府，经蜀之栈道将抵四川成都。过去玄宗皇帝蒙尘逃往蜀地之时，途经此南道。白乐天的《长恨歌》中有：

黄埃散漫风萧索，云栈萦纡登剑阁。

峨眉山下少人行，旌旗无光日色薄。

李白的《蜀道难》中也有“蜀道之难，难于上青天”的诗句，形容剑阁峥嵘、人烟罕至的险道。“金鞭断折九马死，骨肉不得同驰驱”，仿佛能看到只有王孙贵族跟随左右、悄然南行的玄宗皇帝那伤心断肠的身影。

六月十九日（星期五）

凤翔县令梁氏、副官徐氏，都是大好人。大概是我们有岐山县令王氏的介绍信的缘故吧，他们不但接待了我们，而且还在县衙里呈上山珍海味招待了我们。这让身处异国他乡的我悲喜交集。夜晚，我们被安排在县衙的贵宾招待所中就寝。

下午被邀请去东关外叫“tongfu”的地方游览，我心想大概是铜佛吧。到了才知道是东湖，因为发音相像我就草率断定，结果搞错了。此处的东湖据说是苏东坡[①]当年在此地任签判[②]的时候，引城东之水，为便利民生而建的。正因为是儒雅飘逸的东坡，才会在这荒凉落寞的土地上寻求些许风雅而造此乐园吧。现在矗立的东坡祠的正对面就是东湖。柳堤环绕，湖中水榭亭台，池中莲叶田田，青翠硕大的叶子给人送来丝丝凉意。说这是东

① 苏东坡（1037—1101）：苏轼，号东坡。北宋著名文学家、书画家、词人、诗人、美食家，“唐宋八大家”之一。是中国文学艺术史上罕见的全才。其散文与欧阳修并称“欧苏”；诗与黄庭坚并称“苏黄”；词与辛弃疾并称“苏辛”；书法名列“苏、黄、米、蔡”北宋四大书法家之一；其画则开创了湖州画派。

② 签判：宋代各州、府选派京官充当判官，时称签书判官厅公事，简称“签判”。

坡喜爱的杭州西湖的缩影也恰如其分。

从明日起我们将继续往秦州方向去，必须得走七日的山路，今日在凤翔休息一天。昨夜大风吹得门扉摇晃作响，到拂晓的时候已下起了小雨，到现在西北风还在不停地刮。

六月二十日（星期六）

七点，起床，雇了两匹骡子。在凤翔的街道喝了点小米粥，呷了几口甜酒，算是吃了早饭。

一出凤翔城，山河的景致发生了变化，南北两侧的山之间延伸着一条幽长的道路，树木呈现出深蓝色。远远向南望去，秦岭山脉沿东西方向绵延不绝，云雾遮住了山顶，天空变成了淡墨色，心里不觉涌起一种倦懒的感觉。山峰渐渐完全躲入云雾之中。行二十里到了柿林铺，此地名副其实，随处可以看到很多柿子树，农民都在忙着麦秋[①]。（图52）再行二十五里，有一座高山，山谷中有涧口河。登上山峰极目眺望，远山碧蓝，美不胜收。近处可看到红叶点点，远处大片的树林也

图 52　农村麦收风景（柿林铺）

① 麦秋：阴历四月的别名。其他谷物都在秋天成熟，唯有麦子在初夏就成熟了。本文指的就是麦子收获。

放射出各种光亮，交相辉映。翻过高山之后，就来到广阔的河川平原。此河名叫千阳河，河边就是黄里镇。我们在这里买了面条、蔬菜和甜酒，吃了午饭。当地人长相看似凶猛，其实性格非常温和。人情深厚，民风淳朴。继续走了二十里到达千阳镇，小镇位于千水之北。从河的左岸看，从山间向西过了小平原，道路分岔为二，能看到那条岔道上竖着石碑，碑上刻着“汉隃麋县”。“隃麋”是被加封了此地的人的姓名。虽说千阳是乡下的小城镇，但是城郭全都被毁，一片荒凉。我也拜访了此地的县衙，只要时间合适我们大都先去拜访县衙，因为县衙可提供一些方便和比较舒适的住处。

六月二十一日（星期日）

今早五点半起床，听说县衙里有上海《申报》，便借来一读，看到“同情日纱事变的中国学生进入英租界时，遭到英租界警察的镇压，有抗争的学生被捕。由此，排外运动扩散至全国，各地爆发了保护支持学生的运动。外国方面，英国的态度很强硬，日本很圆滑，美国只是保护侨民，各国海军水兵相继登陆，事态复杂，情况严峻”。不知事件发展到何种地步了。我们后面的路途能否像之前一样安然无事地通过呢，完全无法预料。总之，现在只有向前行。我们稍事休整又从千阳出发了。出了县城，眼前豁然开阔，山与山之间现出一片平原，千阳河河道变宽，淙淙流水，风光甚美。远处的秦岭群峰，浓淡相宜，色彩相异，山下的千阳河绕山而行，状如长蛇，或是宛若垂杨柳枝，流向远方。不远处牧牛悠然漫步，白鹤在天地间起舞，路边有牵牛花、罂粟和许多不知名的花草，争奇斗艳。异国风光再次让我感到新奇无限。

过了杜阳镇，沿千阳河逆流而上二十里，便至陇州。这里也是面临千阳河，北面靠山，南迎秦岭群峰，形成了自然的要塞。当地人面目特殊，且显凶悍，和一般汉族人大不相同。

到了县衙时，有许多甘肃兵到来，无奈我们在镇上的高级小学里住了一晚。询问得知，明天的山路百余里常有土匪出没，非常危险，这又是一件让人烦心的事。

六月二十二日（星期一）雨

天上下起了久违的雨。雨滴越来越大，东南风呼呼地吹着，流云像箭一样在空中漫舞。不一会儿天空阴云密布，疾风狂雨扑面袭来。“今天就算了吧”，筱原君说。我们一边整理旅装一边等马夫来，风雨越来越凶猛，于是决定不再前行了，在此逗留一天。上街吃了早饭，是面条和鸡蛋及馒头的天麸罗[①]。雨越下越大，大家只好铺开床被午睡。傍晚的时候，雨渐渐停了，于是便去街上买了东西，还吃了杂炊[②]作为晚饭，大家吃得腆起了肚子，一起拍着肚子放松了一会儿。傍晚，站在校园向北望去，只见那近处的山，山雾茫茫，雨还在下着。大家担心着明天的天气。入睡。

六月二十三日（星期二）

陇州这个名字，听起来总有种能触动诗人心灵的乐感，并使人联想到，在远离都市的西部，那些心系故乡、疲于奔波的士兵们忧愁的面容。《汉书·武帝纪》里“元鼎五年十月行幸雍遂逾陇”说的就是此地。张衡[③]《四

① 天麸罗：也作天妇罗，是日式料理中的油炸食品，用面粉、鸡蛋与水和成浆，将新鲜的鱼虾和时令蔬菜裹上浆放入油锅炸成金黄色。

② 杂炊：日本家庭料理，是粥的一种。传统的杂炊不是以生米而是用熟的白饭，加入切得很细碎的蔬菜煮成的。

③ 张衡（78—139）：东汉时期伟大的天文学家、数学家、发明家、地理学家、诗人，汉朝官员。

愁诗》里“我所思兮在汉阳。欲往从之陇阪长”说的也是这里。

《乐府诗集》[①]里记载了汉代横吹曲辞十曲之中《陇头》《陇头水》等各个曲词。瑟调曲辞《陇西行》共十一首，均是以此地为舞台而创作的诗歌。

陇水潺湲陇树黄，征人陇上尽思乡。[②]
马嘶斜日朔风急，雁过寒云边思长。（翁绶）

陇头万里外，天涯四面绝。
人将蓬共转，水与啼俱咽。
惊湍自涌沸，古树多摧折。（江総[③]）

对于那些文学世界里的诗情意境，看了这里的山水，我开始明白了。

陇山在陇州的西北部，崇山峻岭，山峦叠障，汧山绵延相连，一直延续至甘肃省的清水。

过固关，穿马鹿镇，至清水，一路尽是连绵的山峰。山峰座座，山路弯弯，好多地方，双脚都不知该迈向何处。《三秦记》[④]里记载“其阪九回，

---

①《乐府诗集》：一部总括中国古代乐府歌辞的著名诗歌总集，由北宋郭茂倩所编。共100卷，收录乐府作品5290首。乐府诗分为12大类，比如鼓吹曲辞、横吹曲辞、相和歌辞、舞曲歌辞、琴曲歌辞、杂曲歌辞、新乐府辞等。诗题多为“○○歌”“○○行”。本文所引用的是《陇西行》。

② 陇水潺湲陇树黄，征人陇上尽思乡：是翁绶《横吹曲辞·陇头吟》的诗句。全诗为：陇水潺湲陇树黄，征人陇上尽思乡。马嘶斜日朔风急，雁过寒云边思长。残月出林明剑戟，平沙隔水见牛羊。横行俱足封侯者，谁斩楼兰献未央。翁绶：唐代诗人，生卒年不详。咸通六年（865）举进士第。名不甚显，不知所终。《全唐诗》录有他的诗八首。

③ 江総(519—594)：江总。六朝末期诗人。横跨梁、陈、隋时代，其文章诗赋都名于时。全诗为：陇头万里外，天崖四面绝。人将蓬共转，水与啼俱咽。惊湍自涌沸，古树多摧折。传闻博望侯，苦辛提汉节。

④《三秦记》：项羽灭秦之后，将秦故地一分为三，分给了投降的秦的三个将军。分别是雍、塞、翟，谓之“三秦”，今均在陕西境内。《三秦记》为汉辛氏撰，存一卷。著者辛氏，本汉代陇西大姓，名不详。该书记载了秦汉时三秦地理、沿革、民情、都邑、宫室、山川。为我国早期地方志书代表作。

不知高几里。欲上者七日乃越”[1]。

刚好遇上雨天，能够悠闲舒适地歇一天，今天也没感到脚上的泡疼。休整后，次日我们又接着上路。

昨天甘陕督办[2]孔繁锦到此地住宿。今天，我们和他一同赶往清水。督办的警卫尽心尽力，在这传说多有土匪出没的山道上，能和督办同行，真是非常有幸。他们在路上还撑起小豆色的帐子，并准备了点心慰劳我们一行人。这在乡下应该是最优待遇了吧。县衙里派了两名巡查警卫护送我们至下一个县，其实跟督办同行，没有什么危险了。

道路顺汧水（今千水）而修，我们行走在河川的右岸，山间田野里盛开着罂粟花，非常漂亮。山区的风景渐入佳境，山清水秀，杨柳、橡树、白杨、桐树、柿子树等各种树木，混杂成林，繁茂无比。山野中的野鸡，从人的眼前经过也毫不惊恐。对了，大家还见到了野生仙鹤、野兔、野鸡。道边路旁盛开着各种花。

到清水的路相比陇州又别有一番风景。我们一行人选择了新开的路，沿着千阳河而行。途经神泉、曾殷峡、殷家峡，下午一时终于到达固关镇。今天行程六十里。

固关镇面临汧阳（今千阳）河，虽说是人口仅有二三百人的小镇，但距离下一站马鹿镇仍有五十里路。（图 53）它位于陇州和马鹿镇之间，是一重镇。当地男人蓄长发大概是由于食物匮乏，营养不良的人很多。那里的人不论男女脖子上都长着肿大的肉瘤。据说是当地的地方病，但医学上又称其为什么呢？（图 54）女人的头顶上梳着高高的发髻，用头巾裹着，恰如满族妇女的样子。衣服即使污浊，样式却很古典。大概是明朝遗风吧，

① 其阪九回，不知高几里。欲上者七日乃越：《三秦记》里记载：陇右西开，其孤九回，不知高几里。欲上者七日乃越，高处可容百馀家，下处数十万户，上有清水四注流下。

② 督办：清末官名。中央与地方皆有临时设置机构。

图 53　甘陕交界 固关镇

令人想起京剧旦角的服装。她们的脚都是缠足[1]，女人劳动时曲膝弯腰。回族男子头上都戴着满族样式的帽子，女人用黑色头巾裹着头发，但都没有缠足。

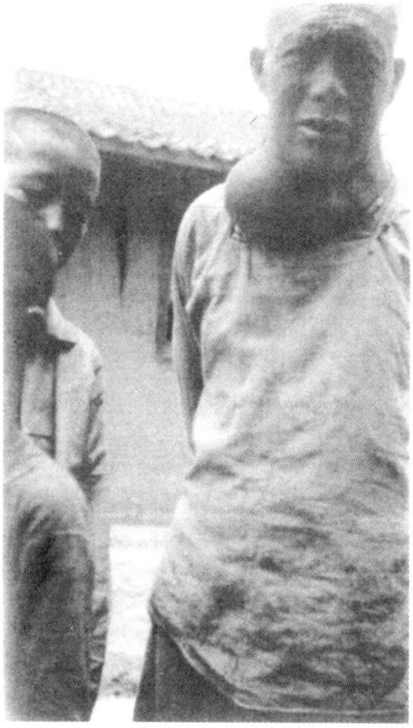

图 54　地方病（固关镇）

此地食物贫乏的原因应该是种了罂粟而无法种水稻吧。种罂粟是为提取鸦片，能获大利，所交付的赋税都被充为军费。不管百姓能否饱食，只让种罂粟，然后全被上面征收。还有如此可怜的国民吗?

要说这里的特色，我首推荐荞麦面店。在道路边立着一根结实的木桩，这个桩子上又插着两根横棒的一端，在下面的横棒

① 缠足：把女孩子的脚用长布条紧紧缠住，使脚畸形变小，以为美观，这是旧时的陋俗。

中间挖出一个没底的“凹”型钵，上面的棒子用于挤压，中间有一根连接的木棒，头向下。做荞麦面时，要适时地把和好的荞麦面放入研钵，人将上面的横棒向下挤压，就会把荞麦面挤出，那下面就是预先准备好的烧着沸水的锅，荞麦面落在锅里就完成了整个程序。锅旁边设有桌椅，桌上摆着碗筷调羹等。客人就给做熟的荞麦面条里加入盐巴等佐料，边吹边小口吸溜。制作荞麦面的过程相当简单，一个人就够了，也省劳力。这真是生活中所产生的智慧啊。

六月二十四日（星期三）

清晨的景色格外美好。出了固关，山间的道路沿着千水而上，山色青翠，河水清澈，凉爽的气息沁人心脾。白云笼罩，忽阴忽晴。这里的山叫汧山，据《水经注》[1]记载，也叫吴山或虞。四周陇山的山势非常险峻，分为五峰，怪石林立。登山五十里，下山九十里。《三秦记》里“其阪九回，不知高几里，欲上者七日乃越”说的正是此山。这地方屈指可数的大山就成了陕西省和甘肃省的分界。（图 55）（图 56）海拔七千余英尺（约 2133 米），六月下旬仍残留着早春的景色。满山被灌木覆盖，并有白杨、柳树、杂木林等，路旁有金凤花、堇菜、杜若以及不知名的许多花草，甚为烂漫。其间不时有野鸡、山鸟鸣叫飞过。

今天仍和昨天一样，和督办一行人同路。在这险峻的山坡上赶车，人和马都快吃不消了。我们在途中遇到了从秦州到陕西平原地区务工的一伙返乡客。这一伙人都背着镰刀和衣服。（图 57）他们的相貌乍一看真有势不可当的气势，可他们的心情却极其平和，和他们打交道就像和孩子们打

① 《水经注》：《水经》是我国古代一部记载河川、湖泊、水系的地理著作。公元 6 世纪北魏时郦道元为其做注，故名《水经注》。

图 55 越汧山 赴甘肃（一）

图 56 越汧山 赴甘肃（二）

图 57 麦客

交道一样。我一直觉得他们就是远古时代朴实的百姓，掘井而饮，耕作而食。他们打量我们一行人的行头，我们实在看起来稀罕。向山坡上爬了五十里，登上了山岭。向东望去，陕西连绵的群山就在脚下；向西望去，千山群峰横亘远方，其雄姿无法用言语形容；而眼前是一望无际的绿色高原，其间点缀着金凤花黄色的花朵，仿佛铺了满地的毛毡一样，美不胜收。《秦州记》记载："陇山东西百八十里，登山巅东望，秦川四五百里，极目泯然。山东人行役升此而顾瞻者，莫不悲思。"对那些壮丁来说也许真的如此吧。

饱览美景，在山上吃了午饭，下山就到了马鹿镇。马鹿镇上的住户仅百余家，大部分是回族人。回族人和汉族人相貌不同，女人跟男人一样身材高大，眉清目秀，威风凛凛。他们在开满罂粟花的原野上采摘罂粟时的姿态好似仙女下凡一般美好。马鹿镇的女人美得让我们当中的一人不由得赞叹"真是马鹿[①]的美啊"。此时赶上了在上山时分开的督办一行，督办正和部下一起休息，我们也稍作休息。再翻过一个山谷，爬上山，翻两三个山岭，就到二十里外的杨家铺了。杨家铺顾名思义，全村都被杨树遮盖，溪水流淌其间，这是一个有五六十家住户的小镇。当地百姓格外重情好客，温暖着我们这些旅人的心。今天走了七十里山路，晚上住在马店，晚餐面条。督办一行也赶来在这里住宿。

六月二十五日（星期四）

高山上的夜风，寒气袭人，令人无法入眠。半夜三点，我起床来到屋外，万籁俱寂，鸦雀无声。仰天远望，银河当空，金星在东方的天际闪烁。我为这深邃神秘之感所震撼。周围静得能听见拉货车的骡子咀嚼干草料的

① 马鹿：在日语中有傻瓜、愚蠢、无聊以及超出寻常的意思，此处是留学生们的诙谐幽默。马鹿镇的姑娘，真是马鹿的美。意思就是这个镇子的姑娘真是非常的美丽啊。

声音，令人倍感寂寥。再回去睡时，仍冷得睡不着。刚到五点就起床收拾行李上路，山风寒冷刺骨。

周围田野里的麦子长到一尺有余，已开始出穗。

路上蚕豆田也不少。沿着溪水，我们顺汤峪川上流而下。绕山，翻过山谷，向山丘攀登，上了山，再翻过山谷，山路蜿蜒无穷无尽，好不容易走了二十里，到了付家堡。这里吃一种叫“面馍馍”的早点。百姓为了欢迎督办，家家房檐上挂着柳枝。换作在日本的话，意义等同于悬挂国旗。在这山间僻壤，为了能一睹督办这位稀客的风采，百姓们放下手上的工作，小学停课，家家户户挂上柳枝，夹道欢迎。这种纯朴的风俗真是有趣。

沿着汤峪川又向下走了二十里，山谷依次展开，水道渐宽，广袤的原野呈现在眼前。粗壮的柳树并排耸立在河畔，从树间可看见一片片的罂粟地。时而可以听见山里传来的阵阵鹤鸣，使人有种置身远古时代的错觉。当地百姓极其朴实，女人的样子也十分有趣。她们的头发盘成高髻，身穿马褂（长袖短身上衣），领口和袖口上带着色彩鲜艳的滚边。衣领有的开在左边，有的开在右边，并不固定。这个被杨柳遮盖的村庄就是汤峪镇了，小镇附近多种植罂粟和小麦。

过了汤峪镇，再走三十里，群山渐开，河面增宽，可以看见杨柳耸立的林荫道。汤峪川对面有山，山麓有座小城，那就是清水镇。到了这里，道路已经宽敞多了，与南面的大路相连，路旁立有许多石碑。通向小镇东门道路的两旁是那熟悉的罂粟田。此地季节来得晚些，现在罂粟花开得正旺，麦子正要抽穗。

清水镇是一座南北窄东西长的小城。此地是以往的上邽（今甘肃天水），东门楼上挂着“古上邽”的匾额，就是所谓的陇西。西门外的道路两旁，店铺鳞次栉比，饭店也有好几家。晚饭是面条、粽子之类的食物。面条一碗二百文钱，粽子三个一百文钱。物价越来越高了。

一路同行的督办一行已到县衙住宿，县衙的门口站着卫兵，戒备森严，不准擅自入内。无奈今晚我们依旧在西门外的一家马店落脚了。

六月二十六日 （星期五）雨

今日大雨，可以听到雨水落在屋顶上的声音，我们无法上路。下午淫雨霏霏，人在路途有时候真是烦闷，无奈只好在马店打发这个雨天。屋顶瓦片多处破损，雨水静悄悄地滴落下来，在室内也不得不打伞。尽管如此，这个马店也算是比较好的地方了。作一小诗。

唐国田舍小村里，借宿马店且安身。

旅途漫漫旅愁悠，五月雨急浇旅人。

马夫催促我们上路，说他家离这里只有三十里了，今天之内如果能到的话，明天应该就到秦州了。时间已经接近下午六点了，上路当然无从谈起了。

没想到马夫提出补贴今天滞留的费用，金额是两元钱，真是太高了些，我们支付给他一元钱作为今天的逗留费。

在此顺便记一下马夫的雇佣方法。雇佣马夫大体上约定十天，就算只超过一天，要求补贴超过天数的逗留费也是理所应当的。

傍晚在马店要了碗面条，吃了晚饭，面条一碗五百文钱，可真贵啊。烧酒一斤七百文钱，我们一行人于是一边喝酒一边聊起天来，以此消除旅途的疲惫。其间有人来向我们兜售鸦片，恐怕这是当地人聊以谋生的手段吧。

六月二十七日（星期六）

清晨，雨停了。向西北方向望去，天边亮了起来，放晴了。一阵冷风吹过，今天大概会晴吧。我们即刻准备上路。一出清水，南北山峰变窄。路北出现一条小河，其间田圃稍显开阔。沿小河左岸向西走了十里，道路横穿河水，没有桥，河面宽阔，水太深，无法过河。大家只好脱鞋，卷起衣服蹚水过河。水深二尺有余，几乎到了人的腰部，我们一行人狼狈地勉强过了河。过河后满脚泥水，想洗一洗，却找不到水。无奈用豆田的土擦干了脚，穿上鞋后我们继续赶路，到了名叫红土堡的小镇。

马夫检查了马蹄后，我们就继续赶路了，过了小镇，天又突然阴了下来。五月雨季，望着昏暗将要下雨的天空，心想我们一行人又要受苦了。从此地开始就是牛头河的下游，有一条河汇入。过河以后，很快进入山里，这是一座高山，山体多黄土，山高两三千尺，羊肠小路蜿蜒迂回，一步步爬上来，从山顶眺望四周，视野开阔，风景极佳。但不知道山的名字。回望东方，山连着山，远近高低色彩浓淡各不相同。眺望远处来时的方向，白云缭绕，朦朦胧胧之间，牛头川如长蛇般流动，山麓隐约可见人影正在过河。还有大片的梯田。透过静悄悄的树林，远处依稀可见清水古城。自山的东南巡山而行，至南麓，可以看到梯田一直延续至山顶，小麦、杂谷、蚕豆等各种作物的田野分界曲线实在是太美了，其间农家星星点点，像一幅完美的图画，而且是宽银幕的。到达山顶时，雨渐渐大了，大家穿上雨衣。山坡上挂着一个羊头，示意邻村的羊不许过界，如果过界一律杀死，并处罚金。这大概是怕羊糟蹋了农田吧。羊也和人一样被斩首示众，真是悲哀呢！

我们一行人冒雨赶路，道路泥泞难走，顺着羊肠小路艰难前行，不知不觉到了下坡的路。我们好不容易走了十里，皮鞋也好，草鞋也罢，由于路滑，完全无法迈步。人仰马翻，苦不堪言，雨仍在凄凉地下着。唉，走出清水才仅仅三十里啊，竟花去六个小时。

马夫的家就在此附近，马夫劝我们顺道去他家休息一下。一行人也早就饿了，便同意了。去马夫家也要上坡下坡，同样艰辛，我们只有跟着他走。

马匹几次跌倒，人也连滚带爬的。过了牛头河的一条支流小河后，又爬上一个陡坡才到了马夫家。虽是新建的土砖房，可家里除了一张床外，什么东西也没有。村子名叫邓家沟，有二三十户，村民大多不知山外的世界，全部聚集来好奇地看着我们一行所带的东西。房檐下有一位白发老头在用棉花纺线，还有人坐在门槛上吸水烟。有个小孩抱着大碗，站在门边吃晚饭。“唐尧真自圣，野老复何知[①]。”杜甫的诗所描述的就是这些人的状态吧。我仿佛梦游在另一个世界。马夫也得意地款待了我们，在馍馍上涂上蜂蜜，还亲自擀面。我陷入了一种错觉：仿佛看见了晋代陶渊明[②]的《桃花源记》中描写的情景。

终于安顿下来。傍晚，我站在屋檐下远眺，今日经过的山峰就耸立在面前，深涧的溪流构成了分界线。数户人家均被杏树遮盖，炊烟袅袅升起，消失在群山之中。深山的夜晚，万籁俱寂，偶尔有布谷鸟打破寂静的夜，鸣叫几声。我不由想起了杜甫的诗句“塞门风落木，客舍雨连山”[③]。

六月二十八日（星期日）

下了一夜的雨终于停了，西方的天空看似放晴了。然而我们一行高兴得太早了，天又转阴了，雨又潇潇地下起来。不能上路，只好等待雨停。时间一点点地过去，雨反而越下越猛，我们一行人露出为难的神情。又拜托马夫准备馍馍和面条。马夫拿两元钱去买面粉，结果买了一斗多，好比

---

① 唐尧真自圣，野老复何知：这是杜甫《秦州杂诗二十首》中第二十首《唐尧真自圣》一诗的起始句。全诗为：唐尧真自圣，野老复何知。晒药能无妇？应门幸有儿。藏书闻禹穴，读记忆仇池。为报鸳行旧，鷦鷯在一枝。

② 陶渊明（365—427）：东晋诗人。热爱自然，爱喝酒，赞美田园的诗歌居多。《桃花源记》描绘了远离尘世的仙境。

③ 塞门风落木，客舍雨连山：这是杜甫《秦州杂诗二十首》中第十五首《未暇泛沧海》一诗的第二句。全诗为：未暇泛沧海，悠悠兵马间。塞门风落木，客舍雨连山。阮籍行多兴，庞公隐不还。东柯遂疏懒，休镊鬓毛斑。

喂马，我们苦笑。一会儿，他就把馍馍和蜂蜜拿来了。

这时天稍放晴，我们一行人准备动身。马夫不肯，说即便现在天晴，明天的天气仍无法确定。意见不统一，便少数服从多数，最后还是决定上路。在大家的催促下，马夫终于上路了。雨却仍不肯停歇。今天也定会被淋成落汤鸡，很有一种悲壮之感。

走了一会，天渐渐晴了，雨也不下了，前方出现了蓝天，我们都欢快起来。道路越过山峰向南延伸，我们爬过一个陡坡，又下一个陡坡。过了河，又是山路。从山腹向南远远地望见露干池村。露干池是通向秦州大路的必经要道。地处山顶，古城也建在山顶上。让人倍感稀奇的是这里每座山顶上都建着堡垒，远望效果很好，一旦军情告急，立即点燃烽火，以备外敌来袭。远望此景，有种异样的感觉，让人不禁追忆曾经金戈铁马的历史痕迹。

此处的景色开阔，山岳重叠，南边是秦岭山脉，北边是六盘山的支脉，东西方也是山峦横亘。四面皆山，其雄伟实在无法形容。露干池西面相邻的山尾处有个小镇，名叫董家河，这同时也是一条河的名字，是渭水的一条支流。（图 58）小镇建于小丘上，从此处望去，渭水干流就在脚下流淌，自西向东流过山中。由于昨日以来的大雨，董家河浊流滚滚。这里有一处渡口，船夫粗犷的打扮，渡船结实的构造，这些让人联想到忽必烈的远征军。

渡了河就是南河川的小镇了。过了南河川，翻过一座山，秦州城就在脚下了。秦州城位于罗玉河以南，河水东西两岸的平原地带很开阔，辽阔的秦州城就呈现在眼前，从山上鸟瞰，风景极佳。时间已过八点，薄暮降临，太阳的余晖笼罩着街道，炊烟袅袅升起，灯光渐渐明亮。道路逐渐平坦，小城渐渐开阔，夜暮一刻一刻地逼近。啊，我憧憬的秦州，也是此次旅行的目的地之一。

图 58　甘肃 董家河的摆渡

现在秦州就在我的眼前，一步一步走进它的喜悦让我感到心灵都在悸动。杜甫的二十首《秦州杂诗》都诞生于此。“莽莽万重山，孤城山谷间”①“云气接昆仑，涔涔塞雨繁”②“萧萧古塞冷，漠漠秋云低”③“清渭无情极，愁时独向东”④等。

这里的确如杜甫所描写的那样。我们一行人下了山，转入左边的山路。我和马夫一起从北门入城，入城时已过九点。路上很暗，辨不清方向。我

① 莽莽万重山，孤城山谷间：这是杜甫《秦州杂诗二十首》中第七首《莽莽万重山》一诗的起始句。全诗为：莽莽万重山，孤城山谷间。无风云出塞，不夜月临关。属国归何晚？楼兰斩未还。烟尘一长望，衰飒正摧颜。

② 云气接昆仑，涔涔塞雨繁：这是杜甫《秦州杂诗二十首》中第十首《云气接昆仑》一诗的起始句。全诗为：云气接昆仑，涔涔塞雨繁，羌童看渭水，使客向河源。烟火军中幕，牛羊岭上村。所居秋草静，正闭小蓬门。

③ 萧萧古塞冷，漠漠秋云低：这是杜甫《秦州杂诗二十首》中第十一首《萧萧古塞冷》一诗的起始句。全诗为：萧萧古塞冷，漠漠秋云低。黄鹄翅垂雨，苍鹰饥啄泥。蓟门谁自北，汉将独征西。不意书生耳，临衰听鼓鼙。

④ 清渭无情极，愁时独向东：这是杜甫《秦州杂诗二十首》中第二首《秦州山北寺》一诗的第四句。全诗为：秦州山北寺，胜迹隗嚣宫。苔藓山门古，丹青野殿空。月明垂叶露，云逐渡溪风。清渭无情极，愁时独向东。

们摸索到县衙，出示了护照，说明了来意，传答人不知何故不与通报。与工作人员交涉，还是行不通，毫无进展，白白浪费了许多时间。不久一行的其他人都到了，于是大家一同交涉，仍旧无济于事。争吵了一会儿，结果衙门介绍我们一行人到北门西一家马店住宿。马店狭小，不能全住下，加上很不卫生，真是无语。旁边有一个吸鸦片的小贩，身上不断发出臭味。县衙的冷漠，几乎让我的忍耐到了极限。不仅如此，住宿处连一滴水、一碗饭也没有。于是大家来到西门外买晚饭，途中遇到衙门里的仆人，就向他尽情诉苦，他只说，县令一回来就立即禀告。直到深夜两点，像警官一样的人才来了，为刚才的失礼道歉。

唉，原来秦州并非我所想象的那样。没想到我们竟受到如此冷漠的待遇，到底是什么原因呢？后来，我慢慢明白了。

上海事变的消息渐渐传到此地，街上到处是示威的人群。（图 59）据说明天还有大型的集会，县令担心我们在当地受到伤害，会引起外交麻烦。所以，要帮助我们尽快离开这里。衙役来通知我们，明日早晨雇马车送我们到兰州。我们也预感到此番凶多吉少，所以觉得没有留在这里的必要了，还不如尽早做好准备尽早离开。人类总是重复着虐待、被虐

图 59　秦州城内遇到排外游行

待和复仇的行为，实在是人类的悲哀呀！不过我也无能为力。这一夜我在极度苦闷中和大家一起挤在一间屋子里睡了。

六月二十九日（星期一）

早上我们被臭虫弄醒，发现睡在马店的灶房里。五点，衙门的人来了，问雇骡子还是大车，我们决定雇一辆骡子拉的大车。（到兰州的费用是32元）早上，上街吃了早饭。上海事件已波及此地，城楼上也贴着许多传单和标语。还有张贴着学生惨遭杀害的图画。标语上写着“打倒日英帝国主义”“国民觉醒”等。所到之处，均可见这些标语。我们在街上吃早饭的时候，感受到周围投来憎恨的目光，让人觉得处境险恶，不宜久留。

在此记录一下宣传单的主要内容。宣传单主要有三种。一是介绍上海事件真相的宣传文章；二是介绍英、日八次残杀中国人的经过；三是告全国同胞书。主要内容是，在上海小沙渡的内外纺织厂，有中国员工遭到杀害。工人们愤怒地讨要被拖欠的福利工资。日本人非但不答应反而向工人们开枪，致使一人死亡，多人负伤。当日，五月二十三日，文治大学的学生为救治伤员上街募集资金，却有两人在英租界被巡警逮捕。二十四日，来自各个学校的很多学生参加了为死难工人举行的追悼会，在经过才登路时，又有四人被捕。关在暗室，不得探视，不供衣食。三十日，一审时被保释。预计六月十五日二审。学生们在英租界举行演讲，散发传单。英租界南京路的警察局竟派出二十余名武装巡警逮捕了正在进行演讲的学生四十余人。

在学生们呼吁释放被捕学生时，突然一名巡查向人群举枪乱射，致使五人死亡，多人受伤，轻、重伤均有。同时又有二十余名学生被捕。即使这样，学生们仍然继续演讲。

六月一日，英租界的商店一起罢市，大马路一带布置了装甲车、机关枪和骑兵。在新世界附近有七人遭枪杀。在大马路附近遭到机关枪射杀，有死伤者十余人。当天又有四十多名学生被捕。六月二日，小沙渡有五名工人遭毒打。英国士兵在先施公司附近又枪杀了十余人。死亡人数累积四十余人，负伤和被捕者无数。这就是事件的始末。

《泣告全国同胞书》中写道：这为名副其实的国耻啊！弱肉强食、武力横行的世界哪里还有什么公理！他们自称是文明之邦，自称是上等国家，他们在中国鼓吹中日亲善、宣扬中英合作，简直就是掩耳盗铃！如今已是国家安危存亡、千钧一发之际，同胞们应该站起来共抗外侮！

文章文辞激烈。不过设身处地想想，中国人也确实悲惨。我深深地明白，对中国人来说，租界是一个多么令人不快的地方。

一半是同情，一半是恐惧，我们一行备好了骡子大车，于早上九点出发了。出了西门，发现道路上挤满了示威的中小学生，他们手拿白旗，控诉英、日的残酷行径。无论是墙壁还是门板，到处都贴满了激昂的文字。街道上人声鼎沸。我们一行赶着骡车，穿过这些激动的人群，颇有一种悲壮的感觉。其间，四五个学生疯狂地追着骡车，有四名警察护卫我们到下一站，我们安心了不少。但是，道路上挤满了示威游行的人群，不得前行。除了坐车的两名外，步行的人都被围在游行者队伍中。刚出西门，我们的前后左右便围满了人，车也好，人也罢，都寸步难行。许多人都对着我们破口大骂，有的叫着“洋鬼子”，有的面带仇恨地大叫着仇敌。而且每个人都拿着石头或瓦片，让人感觉生命危在旦夕。这时一个宪兵站了出来，对人群说道：“各位，这一行人是在上海事件发生以前动的身，和事件毫无关系，现在即便是杀了他们也毫无意义。倒不如让这一行人过去，让他们回国后向外国宣传我大中华的国威。望各位三思啊！”就在我们一行人被群众围住，即将被打死的千钧一发之际，这一席话使得我们艰难地逃离了虎口。后来听说，这个宪兵曾经在日本留过学，真是我们的救星啊！与此同时，为了受迫害的中国人，我们也肩负着向日本传达中国人的心声的义务了。

我们一行总算逃离了秦州。（图60）秦州真是可怕之地！自千阳以来，我们预想有会遭遇这些麻烦，没有想到真的变成了现实。人心相互仇恨真是人类的一大悲剧啊！我们一行人沿着路一直往西，过了罗玉河，穿过山间的开阔平原，又过了几条罗玉河的支流，绕着一座山岭，山上云母石高高耸立，山表闪闪发光，走了二十里，再往前就到

图 60　离开秦州

图 61　甘肃 秦州六十里铺的风景

了一个叫六十里铺的村子。（图 61）我们就在那住了一晚。这一带以回族人居多，这儿的女子和汉族女子不同，她们都身材高大，肌肤白皙，眼睛清亮，面容端正。这里距秦州已有六十华里。

六月三十日（星期二）

从秦州护送我们一路走来的警察把我们从酣眠中吵醒，看时间才凌晨两点。他们好像缺乏时间观念，搞错了时间。我们躺下继续睡了。五点起床，准备好行装后出发时已经六点多了。大家商量决定，从今天起抽签决定每二十里安排两人交替坐车。走了二十里到达关子镇，在那里吃了早饭然后轮流乘车。从此处开始便要走山路了，翻过山岭，走了二十里，又换人乘车。进入下坡路，又走了二十里，再次换人乘车。这儿离伏羌很近。到了大像山的东端，两山之间非常狭窄，几乎分不清河流和道路。穿过羊肠小道，只见小溪清澈。一行人在这里润了润早已干渴的喉咙。伏羌城南邻大像山，北接渭水，城镇就位于其间的平原上，四周白杨树林环绕。（图 62）城墙方圆有七八里，设有四个城门。特别有意思的是，城墙凸起的部分各开有两个瞭望孔，其上建有小屋，应该是为下雨的时候准备的吧，从远处望去就像是并排的蜂窝一样。西北边鲁班山高高耸立，渭水北岸平原开阔，白杨密布，风景确实壮美。（图 63）（图 64）（图 65）近处，郊外墓碑林立，好像许多的小山包。也许是古时候被发配到这里的人们的墓地吧，他们心念故乡，然后凄然死去。伏羌这个名字总让人感觉这是一个武士远征的遥远而凄凉的地方。如今这里人烟稀少，荒凉不堪，只有一间间土屋孤独地站在那里。

城的南边是大像山，从山脚下远远地能看到半山腰处有一尊大石佛。

图 62　渭水的渡舟

图 63　渭水与漳河交汇处（一）

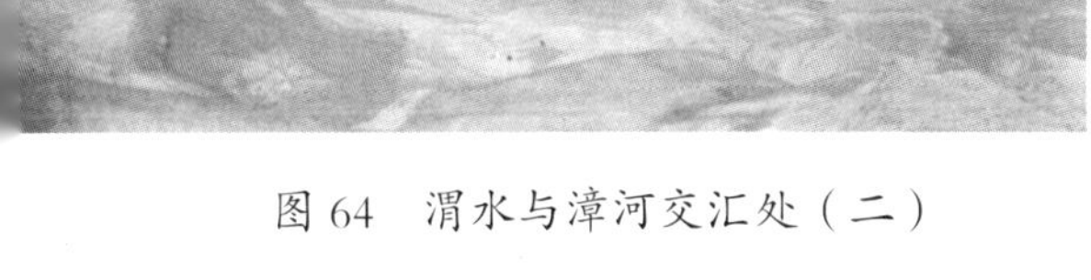

图 64　渭水与漳河交汇处（二）

图 65　渭水与漳河交汇处（三）

因为山势陡峭，所以从北麓是爬不上去的，只能从西面上去。山上有寺庙，旁边可见一些建筑。如果从山顶俯瞰伏羌城的话，景致一定是绝妙的，只可惜没有时间上山了。那尊大佛高约两丈，是在石壁上凿出一个深洞，然后在洞的中央浮雕而成的。山表是红土和粗石，佛像为倚像，右手拇指和中指相连，其余手指张开着，左手从下方看不到。这尊雕塑是释迦牟尼佛像吧，样式很古朴，而且没有记载具体的雕刻年代。这尊佛像也同样使用了中国特有的雕塑方法，即以白粉金泥涂抹粉刷的粉饰法，衣服的衣纹褶皱有些看不清楚了。由于是远远地从山下望去，所以，我们无从知晓确切的雕刻年代了。

或许这一带佛教曾经非常盛行吧，因此才留下了很多石佛雕刻。有名的麦积山石窟也就位于秦州的东南方、渭水以南。在秦州以北还有一个叫石佛镇的地方，那里肯定也有石佛雕刻。由于受行程安排所限，没能去一次麦积山，实在遗憾。

出了伏羌城，沿着夹于大佛山和伏羌城的堤岸小路一路西行，接着步入一条柳木成荫的小路，仍然一直向西。在大佛山脉西端的尽头、路的南边有一座小屋，上面写着“羲皇故里”。后面是场院和村里的戏台。称此地为羲皇故里本来就有些牵强附会吧，不过能被称为伏羲氏故里，那应该是中华文明的发源地吧。过此地再行十里，北边有一座庙，上面写着“先贤石作子故里”。我们的午饭就在这个镇上解决了。

大家抚摸着消瘦的脸庞回想着这一路走来的过程，一同苦笑。由此往西二十里，南边朱圉山，山峰如剑，屹然耸立，一直延伸至渭河边，渭河的水倒映着其伟岸的雄姿。真是一派无法形容的壮观景色。山表覆盖着一层白色的粉末，味涩，呈粉末状，让人不禁想到岩盐。问了问当地人，他们只说是不能吃的。接近河水的山边有一座小屋，石壁上赫然刻着“朱圉岭”

几个大字。《尚书·禹贡》[1]里记载的朱圉岭就是这儿了。下面有一块石碑，记述了大清道光十七年，洪公在当地任知事，由于渭水不断侵袭山体，经常阻断南岸的道路通行，洪公通过治理，使得交通变得通畅的事迹。（图66）

图66　朱圉山附近的渭水

过了朱圉岭，渭河水面变得开阔起来，连日来的雨水致使河水泛滥成灾，田地被河水淹没，成了一片泥海。由此再走二十里，到达一个叫作五十里铺的地方。这儿土壤肥沃，作物丰饶，罂粟地很多，路旁很多人在卖黄瓜和杏。

伏羌城以西四十里以内的地方，百文的铜币还可以使用，再往西就得使用一钱两钱的铜币了。这儿的房屋多是由土块堆砌而成，所以房屋的表

①《尚书·禹贡》：《禹贡》是《尚书·夏书》中的一篇，简称《禹贡》，作者不详。《禹贡》将中国划分为九个区（九州）。并对每区（州）的疆域、山脉、河流、植被、土壤、物产、贡赋、少数民族、交通等自然和人文地理现象作了简要的描述。

面就像是削过的城墙一样。房屋里面建有帽檐状房梁，人都从后门进出。看来是当地民俗了，女人和满族人一样要盘发，还要裹脚。这里的人们性情温和，令人容易亲近。这一带也有窑洞，洞门口写有“金城柳色千门晓，玉洞桃花万树春”的对联。当地的窑洞里面也充满了文化的气息。

七月一日（星期三）

昨晚风停了，下起了雨，到早上的时候才渐渐变小。我们八点出发。过了五十里铺往西是盘安村，过此再走十里就到了一个叫廖家河的地方。（图 67）继续走十里到达乐善镇，镇子建在一个小平原上，南北临山，大约有四五百户住家。在此处吃了午饭，是面条和涂了蜂蜜的馍馍，面条六钱一碗，蜜汁馍馍一个十钱，馍馍分量足够两个人吃的。杏二十个一钱，黄瓜一根两钱。一元相当于一百七十钱。从这沿着渭水南岸平原上的白杨树林荫小道，又行三十里，到达了宁远。

图 67　盘安的马店

宁远又称武山县，现在不过是一个荒废的小城。城区依山傍水，位于渭水以南，形成了天然的要塞。和伏羌一样，城墙上也建有小屋，只是数量要少得多。城墙上的小屋子也呈帽檐状，和住宅类似。不知道是住宅仿照城墙上的小屋而建，还是城墙的小屋仿照住宅而建，总之是这一带的风俗吧。虽然窑洞相对较少，但还是有的。和建造一座住房相比，利用自然条件建造窑洞就显得简易得多了，也正因为如此，窑洞至今都存在着。

今后，即使再过数百年这一风俗恐怕也不会消失。对于崇尚简便生活的民族来说，尤其是在难取得木材的情况下，窑洞自然而生，并且是最好的方式了。而且这儿有着得天独厚的土质条件。从河南到这里的土质全部是黄色的黏土层，由于黏土是细小的岩石风化分解的产物，所以黏土表层一经挖开就和用混凝土浇筑的洞穴没什么两样了。比如要建一座土桥的话就可以先用小木块架出桥梁，然后在上面铺一层黏土，再在上面修个桥顶面。不久之后，土块就会和石块一样坚固了。很是不可思议，但是是最便捷的方法。

在武山县吃了午饭，吃的是面条和鸡蛋。过了北门出西门，不远就是渭水。沿渭水右岸往西，道路随着河流往北转，迎面有一座山。

爬上山向西眺望平原，渭水洋洋洒洒、一泻千里，漳河在此由南边注入渭水，白杨环绕的村镇随处若隐若现。实在是壮丽的风景啊！下山的时候天突然阴了下来，接着细雨淅淅沥沥地下了起来。我们艰难地渡过漳河，往西走了一里又过了渭河。又走了二十里，此时天已经全部黑了下来，雨哗啦哗啦地下着。我们浑身都湿透了，再也走不动了，真是天黑路远的感觉！今天一共走了一百零五里，到达周家根。这不过是一个两三百户人家的小镇，有士兵驻守，他们全住在马店里。我们一行人也住进马店。房间窄小，而且跳蚤和臭虫又多，大家久久难以入睡。

七月二日（星期四）

图 68 甘肃 巩昌东门外

昨晚又下雨了。至拂晓雨下得更大，不得出发。我们在马镇吃了早饭面条。上午九点左右天开始放晴，于是我们就出发去渡渭河。走了五十里路，便来到巩昌。霖雨终于放晴，天突然变得热起来，人马都已疲惫。由于时间已经过了下午五点，我们决定今天在巩昌东关住一晚。（图 68）

陇西就是现在的巩昌，过去叫作襄武。乐府瑟调曲，《陇西行》的歌辞大多都是以此为舞台而吟诵的。

> 十里一走马，五里一扬鞭。
> 都护军书至，匈奴围酒泉。
> 关山正飞雪，烽戍断无烟。（王维）

看到眼前的陇西，真有一种结识古人之感。现在的巩昌即陇西是个宏大的都城，它东西四里，南北三里，城墙高三四丈，四面都有城门，中间有座三层的鼓楼。

今天来到我们久违了的城内，想极尽豪游，进入城门。可是城里简直太萧条了，唯独鼓楼周围繁华热闹。我们在鼓楼东边吃了面条，一碗十二钱，里面还有猪肉，味道甚好。还买了粽子、蜂蜜、烧酒带了回来。当地住民们面呈幼稚貌，温存厚道，看到我们就很稀罕地围了过来，在我们周围形成黑压压的山。回来的路上，有片罂粟田，我们一行四人坐在罂粟田边，喝着买来的烧酒，吃着粽子。旅途中，如此惬意，实为一兴。

来了个士兵说明天要护送我们到渭源，我们认为没有必要就拒绝了。

回来就又要住在破烂不堪的马店一室了。啊，真是苦啊！不过，我们已经习惯了这种住在马店的旅行了。

七月三日（星期五）

早六点，我们从巩昌出发前往陇西。路旁麦子长势喜人，已经抽穗，大片的罂粟地也连绵不断，行走其间仿佛是要去美丽的天国。行四五里路，天突然阴暗起来，吹着东风，下起了梅雨。越走雨越大，路也渐渐难行。我们都没有准备雨衣，大家都被淋得像落汤鸡。总算在十里铺从车里拿出雨衣，边走边穿着前行。在二十里铺，路更加泥泞难走，雨也不停地下着。步行很困难，在二十里铺我们坐马车又前行了二十多里路，到了熟羊城。

熟羊城在路北，是个古色苍然的城郭。淫雨霏霏，柳烟蒙蒙，小城及四周的山被薄霭包围，梦幻般淡淡地耸立在城的北部。这些都激起旅人墨客缠绵的旅情，有一种哀愁悲壮的感觉。

过了熟羊城，西边紧挨着的就是首阳镇。首阳镇是东西走向的大镇，镇上有饮食店、学校、福音堂等。本想在这里住宿，可雨停了，我们又赶了三十里路程。从首阳镇西行十里路程的地方，路南有个石碑，上面写着

“有商逸民伯夷叔齐[1]之墓道”，在右上方写到“自此往西南三十里即首阳山”。（图69）如果自此往西南方向三十五里有墓，那么，前方烟雾缭绕的连山的那座山包就当是了。于是便问了当地人，可是无人知道。嗟，不食周粟，从岐山逃到此处，清贫地度完一生的古人啊，他们的心怀真是幽远，同时也略带些愚直。想必没有人跑到这里凭吊古人吧。

图69 “伯夷叔齐之墓道”前留影

从这走了三十里路程，便来到锹家铺。马店是新建的，很干净。我们买了鸡腿煮着吃，味颇佳。这些日子常吃面条、馍，且已有数日没有洗脸、刷牙了。

七月四日（星期六）

离开锹家铺往西走数里，沿渭河的上游前行，渡过三次河便到达渭源。渭源前临渭水，北依大山，四周被杨柳环绕，坐落在一片成熟的麦田中。

① 有商逸民伯夷叔齐：有，接在国名前的接头词。商，殷。逸民，隐者。伯夷叔齐是商末孤竹君之二子。兄为伯夷，弟为叔齐。相传其父遗命要立次子叔齐为继承人。孤竹君死后，叔齐让位给伯夷，伯夷不受，叔齐也不愿登位，先后都逃到周国。周武王伐纣，二人叩马谏阻，武王灭商后，他们耻食周粟，饿死于首阳山（今山西省永济南）。

（图 70）此城方圆四里，南北有二门。城内并不繁华，街道污秽。我们只去看了城隍庙。出了北门，有个新建的建筑物叫张氏宗祠。难道这一带仍还残留有宗教色彩，真是令人感怀。

我们一边观赏着眼前的渭水，一边登上渭源镇后面的山，四方展开，风光甚佳。渭水环山，并数条河流，向东又注入山间，从近处的一排排杨柳树间可以看到麦田和罂粟田。

图 70　渭源的山

山是渭水和黄河支流的分水岭，是一个庞大的山系，有高高的山岭。登上那山，西边左手一侧可以看到远处流淌的渭水源头；东边，仿佛之间可见首阳山；南边，鲸鼠山被云烟笼罩，远远地、淡淡地耸立在云表；北边，黄河的支流弯弯曲曲流淌在蜿蜒的山谷中。翻过这道岭，便到了庆平村。庆平村有二三十户人家。我们在这里吃了午饭。天又下起了雨，我们冒雨前行了数里，雨停了，又走了三十里路，到了窑店。好久都没有洗脸洗脚了，我们在这好好洗了洗脸和脚。今天我们走了七十五里路。窑店的马店外观很破烂，我们还是照常吃了面条和馍馍，然后就寝。

让我记录下我们一行的服装。我们上着汗衫，下穿裤子，绑着裹腿，脚穿运动鞋或草鞋，头戴头盔。头盔设计巧妙，帽子和头之间有空隙，很凉快，可以遮蔽小雨，晚上还可以当作枕头用。我们步行时拿在手中的物品有照相机、水杯。水杯里面装着面汤，可以代替水，我们一点一点地喝。任胡子疯长，又几乎不洗脸。就这样的形象，一行十人一起走在路上会被误认为是土匪。若是一般的小股土匪遇到我们，恐怕会自愧不如，逃之夭夭吧。我们的行李车上装载着必需品，行李上面插了一面日本旗，步行的一组人就伴在车旁，一前一后行走。我的相机是柯达牌 post 型，沉沉地挂在肩上，一走路就碰着腰，发出一种“咔咔”的声音，的确不易行走。谁知今天我们竟然走了一百四十里路程，连我都佩服我们自己。

语言也跨省而变啊。刚开始我们难以和马夫沟通，同行了两三天才可以相互理解。刚觉得可以交流了，就又不得不另外雇马夫。这样一来，途中大体可以懂得好几处方言。

七月五日（星期日）

离开窖店，今天依然是步行，走了十里路，过了两三次河，不停地出山又进山。（图 71）其间还有峡谷。道路难行，我们屡次为水所困。总算到了狄道。狄道也叫临洮，因面朝黄河的支流狄河而得名。狄道位于清源河与抹邦河的交汇点，东南西三面环山，北部稍微敞开，交汇的水从那里流过。这里风光秀丽，古色苍然。城的东北部建了兵营，城墙也是新建的，方圆二里，四面各有城门。城里甚是热闹。有两条从这里到兰州的电线。这一带罂粟地很少，而麦田却绿油油的。

从狄道往北行走八里路便是八里铺，从这起大路一直往北延伸，我们

图 71　窖店的小马屋

在这吃了午饭。过十里铺就到了新添堡。新添堡是当地有名的镇，供应日常的生活用品。今天好像是什么庙会，很多人聚集在此，舞台上已经开始表演地方剧了。也有卖糖果、粽子的。过了康张里前往孙梁家，路边柳树成荫，柳色青青，非常凉爽。左右的罂粟田泛着白光，放眼望去洮河的水洋洋地流淌着，这一带真可谓是山明水秀啊！在罂粟地里有位女子在除草，容态优美，便成为我们一路的话题，估计她是回教徒吧。

过了孙梁家来到洮河岸边，洮河河面宽阔，郁郁葱葱的河畔杨柳婆娑，绿色荡漾，恰似中国南方的景色一般。从这一带山地流淌的河水都带咸味，这里盛产岩盐吧。

洮河是黄河的大支流，水流雄大，流过山谷的时候跌宕不已，令人恐惧。激流冲击着山岩，溅起白银般的浪花，逼向丹砂色的对岸。河流缓慢处，河水洋洋泱泱，悄无声息，流过青峦之间。绕过山来，突然见到此河，一定会因水流之大，而心生恐惧。无论如何，这毕竟是一条很大的大河呀！

洮河自此向西流，当走到和河流告别之处时，下起了雷阵雨，霎时间，乌云密布，大雨滂沱。到辛店镇的时候天渐渐转晴，我们走进镇上一个位于拐角处的马店。今晚晚饭还是鸡蛋、面条和馍馍。旅途疲惫，就不喝威士忌酒了。今天是阴历五月十五日，一轮明月从辽阔的大地尽处高耸的山边露出，星星也闪烁着青光，自旅行以来已经看到过两次满月。第一次是阴历的四月在华州的逆旅[①]中看到了满月，今晚又在这里，在甘肃省狄道这个地方，我抚摸着消瘦的身体欣赏着满月。啊，漫长的旅途草枕，令我不胜感慨!

今天，在路上看到了甘肃防前路宋司令发的有关同善社的告示："同善社者，教理有道，人不过道，士兵官民，宜入此社。"我认为通过官宪宣传宗教是十分异样的。

七月六日（星期一）

早上六点，我们从辛店镇出发，走了有十里路便来到沙泥，现在叫洮沙县。此地正在进行新城的建设，城里不断地建造新的住宅。方圆四里没什么值得一看。

这附近一带都栽培罂粟，放眼望去都是罂粟地，有白银色的花、红莲色的花、淡红色的花，真是美丽鲜艳，无与伦比。日本有一句谚语："罂粟一年收三反，仙女就下凡。"的确是美艳的花，然而人们却从这些美丽的花朵中提取汁液做兴奋剂和毒药。碰到如少女红唇般的罂粟花的精髓，在陶醉之间，骨头和血液都会被吸吮干净。这一带人为什么不种植吃的粮食，而要种这种毒药花呢？那是因为收益好，但最后又把收入作为税金上交给上面，人是多么愚蠢啊!

① 逆旅：旅店，旅馆。逆：迎接。旅：旅人，行者。

事到如今，为那种事烦恼也无济于事，还是先吃个粽子填饱肚子吧。距离此地十里路有个叫沙坝的村。乘车又行了二十里。这之后又必须要登一座高山。天气酷热难耐，在陆地上行走的人就开始叫苦了。到达中堡。中堡镇坐落在干涸的河床一隅，是一个萧条的村落。我们在这里吃了午饭。到摩圈沟还得走三十里的山路。登山的路甚为险恶，再加上疲劳、酷暑，一行困惫。从山南开始，爬出河与道路相接处的山谷间，山上无一草一木，泛着朱砂色的光，令人眩晕。或许这座山有岩盐吧，无论是流着的水，还是从地底下涌出来的井水都咸得不能喝。山体结晶成一片白色，岩石也因此湿漉漉的。

山上有个叫摩圈沟的小镇，住了二三十户人家，人们没有什么吃的东西。过了小镇，走二三里，便到达山巅。南部重峦叠嶂，北部远处群山延绵，渐渐变低连接平地。夕阳映照在山上，在西北方向远处眺望，看到一座屹立在薄雾中的山，那就是我所向往的兰州皋兰山。山下，阿干河在峡谷间向北流去，这里的风光堪称绝佳。这座山海拔 7450 英尺（2200 米，译者注）左右，这是南路去往兰州途中最大的难关。

翻过山顶，座座青山相连，处处可以看到牛羊，木青草绿，在夕阳的照射下色彩各异。大家也渐露悦色。我们下了山，走了四五里，到了和尚铺，这里有二三十户人家，我们在此地住宿一晚。

啊，漫长而艰辛的长途旅行！这一路的马店，散发着马粪臭味的肮脏小房、铺着草席的床，还有臭虫窝……今天是最后一夜了，要和这一切告别了。明天就要入兰州了，我要好好地品味今夜这一宿。马夫呀，马儿呀，辛苦你们了，陪同我们一起旅行到这里。马儿呀，你们挨着鞭子含着眼泪，拉我们爬上了那么难行的陡坡，白马呀，你的眼睛都被鞭子打得肿胀了，谢谢你们！希望你们永远健康安全地活着！

七月七日（星期二）

图 72　甘肃 阿干镇

今天是入兰州的日子。从和尚铺到兰州有五十里路。道路沿着阿干河环山而行。出和尚铺乘车行了二十里。途中，在山中腹地有个阿干镇，在兰州通往山南的道路途中，是山间有名的镇。（图 72）镇上有四五百户人家，可以买到日常生活用品。镇上还有佛教寺院、城隍庙、娘娘庙。

当地出产石灰岩和陶土，可以见到当地人用此土烧制而成的一些粗陶器，比如瓮、酒盅、盆之类，都是在粗陶上涂黑釉而成。成品放在长袋子或篮子里，用马、骡子等搬运。从这里到兰州，沿路可以见到络绎不绝的这样的骡马。

我们一行也加入到那些队伍中，走出阿干镇，马夫似乎松了一口气，吐音朗朗，唱起了马夫的歌谣。

“梁山上一百单八将，孙二娘开下个酒房，心思莫变心相长，哈哥来同路走上。”

歌词摘自《水浒传》[①]吧，是一首朴实的令人喜爱的歌谣。有四五首

① 《水浒传》：明代小说，作者是施耐庵及其弟子罗贯中。是中国四大奇书之一。四大奇书又称“明代四大长篇小说”，是指《三国演义》《水浒传》《西游记》《金瓶梅》。

图 73　兰州城（一）

歌都是类似的歌词。我觉得不可思议的是这些歌的调子和日本东北民谣[①]很相似。乐感很好的川越武司、齐藤二郎两人也模仿着唱了起来。

下坡很轻松。阿干河朝北流去，沿着这条河，土地渐渐开阔，向前延伸开去，田野里的小麦和罂粟，长势喜人。眼前的景色渐渐变得丰富多彩，大家的心情都非常愉快。

兰州西门外的永定门位于阿干河对面，是紧挨着山峦的一个小门。而西门还要往东好几里。十一点半，我们终于从西门进入了兰州城。（图 73）

穿过西门经过西大街，从礼拜寺前稍走不远就进入了马坊街。我们走进县衙打算去拜会县知事，可是没能见到。我们就在一个叫作华兴旅馆的地方住下了。北路组的五个人前天就已经到了。他们一起出来迎接我们，久别相见使得大家都很高兴，午饭就一起在旅馆吃了。我们互相诉说着多日来的辛苦，频频举杯，共祝重逢的喜悦。

兰州处于以西通往青海、新疆、天山南北路，西南通往西藏，以北通

① 东北民谣：日本东北地区的民谣。诞生于民间，内容朴素，被广泛传唱。

往外蒙古这样的一个交通要塞。这里也是通往遥远的西域和印度的必经之地。古时征讨西戎和北狄[①]的勇士们也是由此而向凉州、安西和玉门关进军的。

杜甫走过这里，玄奘走过这里，法显[②]走过这里，不空三藏在前往安西的时候也曾经走过这里。今天当我再一次经过这条载满了血泪悲欢的古道时，追古思今，不由生出万千感慨。我们将在这里停留四天左右，在这个无法再次相见的故城我要尽情地欣赏，留下一个美好的回忆。

中午刚过，大家去了一个叫作豫香池的澡堂，洗掉了连日来的风尘，一身轻松后就去看了黄河。黄河经过北门自西向东离去，浑浊的滚滚河流，波澜壮阔。（图 74）

图 74　兰州北门外的风景

河对岸的小山丘上光秃秃的，见不到一草一木，裸露着的黄土泛着异样的光。房子都是用土垒起来的，随处能见到一些窑洞。从远处眺望，那里倒是有几分像大工厂房顶的轮廓。（图 75）黄河上架着一座没有起伏的

① 西戎和北狄：古代中国对四方少数民族的称呼。东夷、西戎、北狄、南蛮。

② 法显（337？—422？）：东晋僧人。399 年从长安出发赴印度求学，共游历印度 12 年。撰有《法显传》（又名《佛国记》），记录了他的行程及见闻。

图 75　黄河北岸的住宅群

图 76　兰州的铁桥

长长的铁桥[①]，这是一个德国工程师建造的。（图 76）街道上有汉族人、

① 铁桥：前身是 1372 年所建的一座浮桥。于 1907 年建成铁桥，命名为“兰州黄河铁桥”。1942 年为纪念孙中山而改名为“中山桥”。

蒙古族人和回族人，不同种族的人在容貌、服装、帽子和发型方面迥然不同。大街上可以见到水牛和耕牛慢悠悠地走动着。一种异样的感觉油然而生。黄河的运输工具有木筏子和皮筏子，据说在急流中行驶筏子，比汽车还要快。我看了一眼河面，水流快得让人眩晕。

回到住处，我们去了一趟县衙，拜托他们帮助雇用皮筏子之后就回去了。晚上去了南门大街，试着寻问了皮毛的价钱，竟跟北京一般贵。兰州物价很高。

七月八日（星期三）

兰州是一个都市，距西安一千四百七十三华里（约736千米），海拔五千四百七十英尺（约1668米，译者注），人口八万，有一万五千住户。（图77）在离开北京的第四十六天，离开西安的第二十四天，我们一路走到了这里！从河南的陕州开始全部都是步行，忍受着劳累、汗水和饥饿，有几次几乎要累倒了。然而我们终于来到了这个遥远的地方。

图77　兰州城（二）

我实在是累到了极点。旅途的劳累让我一直睡到了早上八点。想起昨天这个时候我们已经走了二十里路了，而今天尽管太阳已经这么高了，却还在睡觉。只能一个劲儿地感慨时光易逝。

早饭吃的是鸡蛋汁浇米饭，算是弥补昨天的了。我感觉胃有点不舒服，走快的话胸口下面有点疼，但是不能睡下。

机会难得，我不想浪费时间。今天就去黄河北边的白塔寺吧。跨过河上的黄河铁桥来到河北岸，这里有两三百户住家，是回族人的聚居区。（图78）回族男子伟岸，女子高大，都威风凛凛的。在这里我稍写一点关于回教徒的事情吧。

图 78　兰州　黄河北岸的回族居住地

跟汉族人相比，回族人显得更威猛，更热情。在他们粗犷的容颜背后有着爱干净和诚实率直的朴素特性。此外对宗教的信仰非常深厚。比如：讲究干净，不光是不食猪肉，而且餐具和食物同样以洁净为宗旨，别人的食物或者是用过的餐具绝对不用，别人买来的食物也一概不吃。即使是赶车的马夫也会在马车上放好自备的锅、柴米、蔬菜等。他们绝不在清真餐厅以外的任何餐厅吃饭。他们会亲自做饭。我们在南桥门街买了粽子吃，这是一家清真餐馆，非常干净。另外，伴随着巨大危险开皮筏子的船夫也是回族人。至于对宗教的热切我们去他们的教堂一看就明白了。

我们到达河北岸的回教寺院的时候已经是下午的一点左右了，这个时刻聚集着很多教徒。寺庙里没有偶像，朝西的窗子是开着的，面对着它，朝拜真主安拉。朝拜为一鞠躬二叩头，其间口中要诵读经文。不论男女都是白布裹头，长长的布垂在后面。大家都是跣足进入礼拜堂里面。他们每天必会行这样的礼三十一返[①]。看着他们对宗教的这份热忱，连我都涌出了对宗教的虔诚之情。

回族人的教育也是跟汉族人分开的。他们在回教寺院里面设置小学，同时教授汉文和回文，我们去的时候他们正在上回文课，小孩子们大都裸体跣足，脸庞柔和而可爱，手持写有阿拉伯文的牛骨或书在学习。我看着看着不由得陷入了一种错觉，以为自己来到了阿拉伯。（图 79）

图 79　黄河北岸清真寺内的小学生

① 返：古人谓一往一返为一次，此处即“次”意。

参观完这些，我们决定去白塔寺看看。白塔寺因为是喇嘛教[1]寺院，所以塔里面刻有喇嘛佛像。沿途还有几个小佛殿。有的供奉着阎罗王，有的供奉着普渡慈航的观世音菩萨。

山顶是便于远眺的好地点。南边可以俯瞰整个兰州城，脚下则是长蛇一般的铁桥，据说有三百六十六步。城墙高六丈，东西长五里有余，南北长三里，这是一个大城。城墙的各个拐角有很多风格迥异的楼台，呈现一种雄壮的气势。城郭南面的皋兰山依然耸立，高高的山峰相连向东西延伸去，各个峰上都有堡垒，在皋兰山的山腰处可以看见玉泉山的一座座寺庙。山麓是一片杨柳，绿意盎然。城的西边，隔着阿干河有一座山。人们就挖掘这座大山的山肌，修建了一座四方四门的城郭，这就是甘肃省皋兰兵营。城里街道纵横交叉，督军公署的大旗在清风中招展。省长办公厅、鼓楼、楼门、学校等建筑并排排列着。崇文门外还另有一段城墙，看起来像是后来人们建造的。出了南门有一条路，远远地通向玉泉山。东面连接着一座山，从山边到黄河是一片宽阔的平原。但是上面是一片裸露的红土，没有什么庄稼。黄河向东流去，形成了一大块洲渚。这块土地很肥沃，自古以来黄河的泥沙就堆积在这里，岩石变膏腴，开垦的田地里长满了绿油油的树木和庄稼。

转眼向西望去，除了山还是山。顺着黄河逆流而上，不远便是平番、凉州，离西宁也不远。这都是西戎的故地。看看脚下流淌的黄河吧，发源自西部遥远的昆仑，汇集数千条支流，流经几百座高山，混着黄土形成滚滚浊流，一路摧毁河岸，破坏岩石，水流滔滔，奔流至此，冲洗着兰州的城北。李白曾这样描述黄河“君不见黄河之水天上来，奔流到海不复

① 喇嘛教：佛教的一派，藏传佛教，或称藏语系佛教，又称喇嘛教，是指传入西藏的佛教分支。喇嘛教是以大乘佛教和西藏固有的传统宗教苯波教互相融合而成的佛教。

回[①]”，果真如此。另外《庄子》[②]里有“秋水时至，百川灌河。泾流之大，两涘渚崖之间，不辩牛马。于是焉河伯[③]欣然自喜，以天下之美，为尽在己”。[④]河伯如此炫耀也是理所当然的。黄河，她锻炼了回族人民的胆量，孕育了蒙古族人的豪壮情怀。不理人类的毁誉褒贬、荣盛枯衰，她会经年累月，时时刻刻，不，她会一直流到世界都不复存在的那一天。啊！伟大的黄河！

河面时不时会有一些皮筏子，河的另一边已经开始用木筏子载货了。我们也终于借着黄河水的流动，被黄河水的力量快要送到贺兰山的脚下了。飞箭般的漂流的皮筏子啊，将我们送到遥远的蒙古的原野吧。

回到城内，大家去逛了卖皮毛和毡子等物品的商店。毛皮很贵，跟北京价钱差不多。最好的要一百二十元，有虎皮、豹皮。毡子有很多种，横三尺纵四尺的要八元钱，最终五六元钱就可以买到。牛皮做的鞋子很便宜，可是做工粗糙，大概就是这样的一个地方。南门外有毡子工厂，也有古董店。

回到旅馆，南路组的九个人和北路组的五个人聚集一起，举杯聚餐。当晚决定，明天一大早以下林为班长的北路组，先乘坐皮筏子出发。

七月九日（星期四）

早饭后，我们去参观了西门外的礼拜寺。（图 80）这里是回族寺院，设有宽大的礼拜堂，有大学，还有小学，小学教授汉文和回文（阿拉伯文字），大学是专门研究《古兰经》的。寺院内部秩序井然，校舍设施完善

① 君不见黄河之水天上来，奔流到海不复回：李白《将进酒》中的诗句。

②《庄子》：战国时期，宋国的庄周（前 369？—前 286？）所著，与《老子》并列为道家思想的代表作。

③ 河伯：黄河的水神。

④ 出自《庄子·秋水》（《新编诸子集成》，中华书局）。

齐备。之后我们去了城外的金天观，这里是道教的道观。该道观占地宽广，几乎可以和北京的白云观相匹敌。接着去了城内的庄严寺。寺内和尚不在，我们从庙门外向里面看，对着里面，行了一礼就离开了。然后，出南门，登上了城南的玉泉山。（图 81）玉泉山上有崇庆寺等四五座寺庙。崇庆寺是新修建的，金碧辉煌，令人瞠目结舌。今天刚好有庙会，附近的男女老幼驱车策马，聚集了很多人。楼门上还唱着京戏。参观者们在炎热的天气下，一边擦着汗，一边观看着。

玉泉山位于皋兰山北侧的中部，从此俯瞰，可以将兰州城到河北岸之间的风景尽收眼底。山上风景优美，处处泉水涌出，是城里人游览观光的好去处。这里作为寺庙已毫无生机，变成了人们歇脚的小茶馆和小饭馆了。

图 80　兰州的礼拜寺

图 81　兰州玉泉山

回到华兴旅馆，见到了皮筏子的船老大。商谈了费用，到宁夏一个人七元五十钱。我们九人，不便用小筏子，决定要租用大筏子。在这里说明一下，一元可换一百六十五个铜钱，如果是民国八、九、十年造的铜钱，还可取六钱的贴水。

七月十日（星期五）

昨天去了庄严寺，和尚不在。今日再访，幸好有和尚在，看了些佛像、佛画和匾额。佛像是唐代的作品，是一个身长六尺的坐像。相好圆满，结法界定印，衣服下摆垂在莲台上。据说是吴道子[①]的作品。所谓的“三绝”分别就是题榜书绝、佛像塑绝和画绝。（图 82）

图 82　庄严寺的佛画

回到旅馆，县衙门派来了使者，他告诉我们明天有去中卫的木筏子，让我们做好准备。要准备的事情很多，很烦琐，但是必须每一件都不得马虎。

① 吴道子(680？—759？)：盛唐时期的画家。被唐玄宗召入宫廷，任供奉。因擅长在寺庙的墙壁上绘画大型壁画而闻名。

首先要准备食品。到中卫需要七天，要买够九人在筏子上吃的食物。所以，购置米三斗六升、酱油十斤、豆腐五十块、锅一个、勺子一把、碗九个、岩盐块三个、牛肉九斤、白糖十斤，其他还有萝卜、葱、黄瓜等蔬菜一筐，柴十捆，面粉一袋，等等，买这么多很不容易。我们分头采购大致齐全了。然后整理行李，必须在今晚把东西都装到筏子上。

装好东西之后，我们就住在船老大的家里，那是一间马店。又回到了这样的小马店。在兰州北门附近，黄河边上的这个小马店里有两间房子，长二间宽一间半(面积约10平方米),我们六个人头挨着头就挤着睡在一间，其他三个人睡在另一间。这里非常狭窄，真不是人睡觉的地方，然而大家已经习惯了这样的长途奔波，都睡得很香。

七月十一日（星期六）

我们早上五点半就起床，去乘坐筏子，并且要准备航行中的吃喝。

在此，让我先对筏做个解释吧。筏分皮筏子和木筏子两种。大小不同，小一点的皮筏子是用牛羊的皮做成囊，吹进空气，就有了浮力，将它们四五个或者七八个连在一起，然后再铺好木板捆绑在上面，浮在水面上，这就是既可载人也可载物的筏。（图83）即便是抱着一张猪皮囊，也能在黄河里游泳，足见它的浮力。大一点的皮筏的制作

图83　拿皮筏子的人

方法是，先将牛骨和肉从它的头部全部掏空，然后翻过来，形成袋状，里面塞满羊毛后封口。将一百个或一百二十个这样的东西一列三十个，排成四列，扎紧，上面绑上粗壮的木板，筏就做成了。做好的筏子非常庞大，长约十间（约 18.2 米）宽三间半（6.37 米），可载重四万斤。如果是木筏子就不用牛囊，只用将木材排列捆绑在一起，但是筏子就会很大，长约二十间（约 36.4 米），宽四间（7.28 米）。皮筏子和木筏子各有所长，皮筏子有浮力，速度快，即使碰到岩石上，也会因为有弹力而不会受损。但是，一旦上了沙滩，就会沾满沙粒很难移动。木筏子虽然浮力较小，撞在岩石上也有受损的危险性，但是即便在浅滩上，也很容易移动。木筏子的危险性大一些，所以大家也都有些害怕而不怎么喜欢用它。本来北路组坐皮筏子，我们也想试试，但是，因为筏子的状况不好，我们只能坐木筏子了。

原本应该五点出发的筏子到了七点才出发。被太阳晒成古铜色的、魁梧高大的船老大带着船夫们来了。前面是四个掌舵的，后面也是四个人，领航有一个人，另外还有船老大。检查完筏子里的货物后，船老大默默地从筏上走下，走向岸边，用黄河水漱口，然后面向西好像鞠躬似的行了礼，向麦加的神祈祷一路平安。这是因为船夫们都是伊斯兰教的信徒。接着筏行的老板来了，他先在沙滩上很恭敬地点了蜡烛，向河神献了神酒，在沙地上跪拜，祈祷航行的安全。因为在黄河里航行实在是件性命攸关的事。出乎意料的严肃而敬虔的祈拜也让我周身紧张起来。一切准备就绪之后，船老大高喊一声："开筏——"那高亢的声音久久回荡。筏，离岸了。再见了，兰州，我憧憬已久的兰州！（图 84）在短短五天的时间里，你抚慰了我这两个月长途跋涉的疲惫的心！兰州的白塔寺啊，皋兰的山峰啊，隐约可见的玉泉山的山山水水啊，遥远的青海那边矗立的浓绿的山峦啊，气势磅礴的城郭啊，悠闲自得地旋转的大水车啊，再见啦！不会再有第二次了，这是永远的离别呀。

离岸的筏在洋洋流淌的宽广的黄河河面上，宛如弓箭一般，快速滑行，没有任何晃动。只能时而感受到橹儿发出的“咯吱咯吱”声以及伴随着的轻微的晃动。黄河的南岸上，一个巨大的水车在缓缓转动。（图 85）人们利用这个水车将黄河水汲上来灌溉农田，或者利用它的动力来磨面。我们坐在装满了水烟和鸦片箱子的筏上悠然前行，大家都依依不舍地仰望着兰州的那片大空。

图 84　眺望兰州城

图 85　兰州黄河水车

走了一个多小时，河岸左右的山体渐渐靠近，原本有四五丁宽（四五百米）的黄河变成了不足二十间（36.4 米）的窄河道。筏随着流水前行，左右两岸是巍峨的绝壁，水向着峡谷奔腾而下。水流如万马奔腾似的冲击在岩石上，激起无数碎玉般的水珠，筏像箭一样冲进来。与其说是壮观，不如说是让人毛骨悚然，几乎让人吓破了胆。

从兰州到西岔口，多急流激湍，有很多让领航的都担心的险关。（图86）如主人场、狼舌滩、月亮湾、咬硬滩、大小潦水等，其中之一正在向我们逼近，况且我们乘坐的还是人们都害怕且不喜欢乘坐的木筏子，一旦筏子撞击在岩石上，顿时就会碎成微尘。要是真的那样，一切都完了。大家紧张地咽着唾沫。越走岩石的棱角越发突出，危险刻刻逼近。船夫们在领航人的带领下，竭尽全力地摇着橹。筏被激流冲荡着，有时筏的前端只是轻轻碰到岩石边，筏就会完全掉转方向，后面变成了前面。漩涡打来，筏宛如一片树叶一样在水面上摇晃。领航人扯着嗓门喊着号子，筏子上的前后四人就随着领航人那沙哑却有穿透力的号子，摇着橹，将筏掉过头，一关刚过又来一关，下一个险关又向我们逼近了。中午十一点左右，筏撞在了岩石上，“咣”地发出巨大的响声，白沫四溅，船工们拼命地摇着舵。顿时响起了让人魂飞魄散的号子声，还有领航人的尖叫声，然而筏

图 86　黄河　过险滩

上的舵已经不起作用了，筏任随激流冲荡，筏的舳几乎要撞在岩角上。守护舳的船夫们都扔了櫂（划船的工具，形状和桨差不多，译者注）往后面跑，紧接着听到四根木制的櫂破碎的声音，再看船夫们的脸，吾等一行感到万事已休，我们也不知道该做什么，在无意识中有的解开上衣的纽扣，有的脱掉裤子，有的呆然伫立。关键时刻，一直发疯了似地转来转去的领航人也仿佛被宗教意识唤醒了似的，突然纵身一跃，跳到货物上，厉声发号命令。骚动不安，不，不知所措的船夫们，也都在这声号令下，急忙回到了他们的位置。他们用超人的力量拼命地挥动着櫂。那时候，就像有上天的保佑一般，筏被激流冲着，眼看快要冲向对岸，却正好滑向河里，接着又被一个更猛烈的激流冲向另一个急湍。这时候，我们在心中除了"啊，得救了"的欣喜之外别无他想。领航人抖落着被水打成了土黄色的帽子上的水，大口大口地喘着粗气。我们也面面相觑，说了一句"实在是太险啦"，那一刻什么其他的也说不出来了。（图 87）

图 87　漂流黄河的木筏

就这样，我们几经危险的难关，终于到了一处山间的小平原。河面也渐渐变宽，河水的流速也缓慢起来。这里就是西岔口，筏将在那里停泊。（图88）时间已是下午一点了。今天我们走了一百六十华里，时速有二十五华里余。

图 88　靠岸西岔口

图 89　在西岔口的晚餐

上了岸后，就该做饭了，大家捡来岸上的石块来垒灶煮饭炖肉。（图 89）炊烟拖着白色的尾巴袅袅升起，顺着黄河的河面飘去，时而也见一些小皮筏子流过。没有一草一木的山体闪耀着丹砂红色的光，很耀眼。饭做好了，大家坐在河滩的石块上一起吃，简直就像是河滩乞讨者的生活。从这里开始，这种生活还要持续一个月吧！（图 90）

图 90　旅途中用餐

七月十二日（星期日）

木筏子要比皮筏子多花两倍的天数。刚开始还觉得木筏子浮力小，所以在水里的速度也慢，但并非这样。木筏和皮筏速度一样，不过木筏子需要人来划桨，所以人很累，走上五六十里，也就没劲了，不得不歇脚。就像昨天那样，下午一点，太阳还高，但却必须歇脚了。船工解释歇脚的原因是，如果今天继续走的话，傍晚的时候又不得不再经过一次险滩，但似乎并不是那样。其实是船工们都精疲力尽了吧。今天也是不到早上十点四十是不能出发的。这样子下去，恐怕四五天也到不了中卫吧。用皮筏子两三天就能到的地方，木筏子的话，要花一周左右，而且比较危险，随时都有可能破碎。真是的，怎么坐了这个令人困扰的东西！现在后悔也没办法了。

早上十点四十总算是出发了。筏上面也没个篷子，我在装水烟的货箱上铺了一条毛巾坐着。太阳毒辣辣地照着，戴着安全帽的头顶，像是被烈火炙烤着一样，照得皮肤也疼痛难忍。这个季节，黄河一带白天的温度足有一百二十度，而晚上穿一件夏天的衣服又会觉得很冷。走了一个小时后，又进了峡谷里。一个个岩角不断逼来，浪花拍打着岩石，怒涛逆卷，看着都觉得危险。这里叫武子峡。

在峡谷走了三十分钟，昨天领略了领航人的精湛技艺，稍觉可以信赖和安心。很幸运，我们顺利脱离了险境。出来之后，两岸开阔，一片平原，处处可见人家，透过右岸山岗上的白杨树，隐约散见宛如青玉般的罂粟，梨树繁茂，结满了小小的果实，为这片不毛之地增添了一点风光。这里是平滩堡，此时已是中午十二点半，今天又要在这里住宿了。今天走了六十里，不到两个小时的行程。从这里开始不需要领航人了，船夫的人数也减少了一半，这是因为已经没有危险的地方了。

因为中午太热，大家便去梨树下乘凉，会游泳的人都跳入黄河。稍稍凉快一点后，大家开始做饭。有的去黄河汲水煮饭，有的捡来石块围灶，有的洗碗，还有的烧火，河滩的生活其实也很有趣。因为肉和蛋容易腐烂，所以早吃完了。今天起，吃白饭和味增、葱和馍馍。用浑浊的黄河水淘过的米，混着沙子吃在嘴里，“咯吱咯吱”地发出声响。但是那些船夫们一点也没有抱怨。兰州一带的人们都是用黄河的水来生活的。这里的人们似乎和我们的胃有点不同。太阳落下西山，稍稍凉快一点，大家都回到筏子上。夜风阵阵，撑在枕头上方的伞发出“啪嗒啪嗒”的声音，让人难以熟睡。唉，一个多月的草枕旅途，让人刚安稳下来没多久就又要在这水上过一个月日夜仰望天空、饱经风吹日晒、风餐露宿的生活了。

七月十三日（星期一）

在黄河上迎来了黎明，山泛着土红色。原野上，可以看到白杨、梨树、罂粟、麦子。早上五点半启程，随处可见大水车。

河面渐渐变宽，山也渐渐向左右两边远去，随处可见洲渚，这是很危险的，因为要是搁浅在那些浅滩上就糟了。

走着走着看到河岸上的山上处处有洞穴，中间放着梯子。一定是人居住的地方！就算是空中飞翔的鸟儿的巢，也不会建在这么危险的地方。掉下去的话，那可是万丈深渊，下面就是洋洋黄河的浊流。看着浊流，从这悬崖上下来，然后回到洞穴里，这是人的生活还是兽的生活呀！这一带的人的生活状况着实让我觉得很不可思议！

过了这里，大约走了一个小时，河的中央又凸现出一块洲渚，水从左向右很急地流过。无论哪边都要让筏子从一边划过。似乎是船老大判断失误，或是櫂的力量不够，筏子被急流冲上了沙洲，筏子开始发出“吱吱”的声音。“糟了！”不知道谁喊了一句。眼看着筏子左右摇摆，底下挨着河床动弹不得。后来的筏子都乘着激流惬意地顺流而下。

船老大推也推不动筏子，想乘着激流顺势移动也没成功。这时，船老大好像在思索什么，只见他将筏子上的木片搜集起来，并捆绑成一束，两端用绳子捆绑好后丢进河里。这捆木片便不停地被波浪冲荡着，终于在这捆木片的浮力的牵拉下，木筏子开始慢慢移动了。我们这些乘客们或者拉着那根纤绳，或者下到洲渚上帮忙推筏子。

拼命的努力终于奏效，筏终于顺流而动了。这期间大概过了两个小时。过洲渚左端前行，不久就到达靖远了。

靖远位于河的右岸，南边靠山，东西北三边敞开为平原，是一个方圆二里的大城镇，是兰州通向中卫的陆路交通要道。山上有一座五层的塔在蓝天下高高耸立。我们欣赏着这光景，筏向东北方向驶去，走了一个小时左右，在一个叫乢（qié）肚子的地方碇泊。

乢肚子在距离靖远东北方向十里的地方，位于黄河的右岸，有数十户人家，周边的山上没有一棵树，在靠近黄河的地方，田里种植着罂粟、小麦、西瓜、甜瓜等作物。利用水车灌溉。烈阳照射下的地面如同要烧灼一般，河面反射着直射光线如同烧开的沸水。

只是在黄河右岸有大水车的地方，有几棵茂盛的柳树，可以用来乘凉。（图91）热带地区也不过如此吧。到达这里的时候尚且是上午的十一点半，今天也要在这里停下了。我在筏上稍稍站了一会，实在忍受不了炎热，毫无置身之地，顾不上最重要的胶卷，就跑到水车的阴影下去了。被热风吹着，水车溅起的飞沫仿佛雨点一样密密地袭来，没有置身之所。避开这里，躲开那里，终于在对岸找到一席之地开始午睡。醒来时已是下午四点，天日被黄沙遮蔽，四面茫茫，不辨东西。船老大说，要下雨了。一行人上岸做晚饭。天越来越阴沉，眼看着雨就要下来了。最后还是收拾好行李在乩肚子村里避雨。村里的房子都是用泥土块堆砌而成的，从外边看过去宛如古城的废墟一般，我们围绕着一丈多高的土城墙转了一圈，只见城内有田地和住家。道路也好，房子也好，田地也好，山也好，全部

图 91　乘凉大水车下

呈现一片赤红色。没有一件东西可以安慰疲惫的眼睛。我们找到这个村子的所谓的一家客栈休息。吃完晚饭，或许是因为中暑的缘故，我开始发烧头痛。这个村子的甜瓜味道甚好，好像是西瓜和甜瓜的孩子，放入嘴里立即融化。没有比这更好的治疗中暑的“药”了。

七月十四日（星期二）

早上，天阴阴的，下着小雨，不知今天能不能上路，总之离开了乩肚子村。走着走着天放晴了，到达筏停泊地的时候，天完全晴了。早晨七点半左右出发。大约走了一小时后，河面变得越来越宽，沙洲到处可见，看来危险又要临近了。

昨天从我们面前勇往直前的那两个皮筏子今天上了浅滩也不能动弹。看到那筏子上的船夫们下船在吃力地不停地推筏子。唉，推筏子的船夫，小心啊！今天他们也像昨天的我们那样搁浅的话，在这种即将下雨的坏天气里，不真的是毫无办法吗？不由得让人要祈祷。幸运的是今天或许有神灵的加护，他们安全地过去了。不久我们的筏到达安全地带停了下来。刚停下来天气就变阴了，不一会就刮起了南风，雨也下了起来。今天也得收拾行李去村落留宿了。这个村叫作斗城村。这里也有数十户人家，梨树、白杨树郁郁葱葱，田地里长着小麦、罂粟等。我们入住这个村的一家客栈。

天忽然下起大雨来，我们在此吃午饭。一碗面三百文，这个地方产鸦片，食物很少。甜瓜一个四十钱。吃饭的时候雨停了。我们返回筏上时，雨又开始下起来。大家都披上了斗篷挡雨。

天稍稍放晴我们便出发了，行程不远就到了险要的红山峡。（图 92）两岸逼来，水涌入峡中，撞上岩石翻卷起来，或成为急流，或成为深潭。在那急流中，掩藏着一块危险的石头，名为阴窝石。筏必须要顺着窝卷着

图 92　去红山峡

的水流前行，还要注意着避开那块阴窝石才能安全通过，实在是需要超人的技术。因此这里对筏师来说，是最担心的一处险地了。虽然石头并不是多么吓人的巨石，但由于水流的缘故，前面是深渊，顺流而下时，船身被横冲过来就很容易撞上阴窝石的一角。因此，木筏只要稍稍被水流横冲上就有撞上石头被毁坏的危险。今天真不知是哪来的好运气，我们很巧妙地顺利通过了这处险境。就因为这件事情，船老大甚喜。听说有的船夫载着外国人过此地，在过阴窝石时，其中有人沉入河里。所以，捡了一条命的我们，紧张的心情稍稍放松了下来。筏通过阴窝石顺流而下，我们在一处紧靠着巨石的地方停了下来。不得不在这里过一夜了。

山在夕阳的映衬下呈现出金色，天空中飘着白色的云朵，河水泛着金波向远处流去。四处静谧，只有黄河之水从地底下发出的轰响，回荡在天地之间，让人仿佛置身于太古时代一般。黄河把改变人生、有所作为的个人想法搁置一旁。

走到这里，那几个前来要帮助我们通过险境的人，在我们安全通过后也就返回到上游的渡口去了。

夜幕静静地降临。船老大开始用他那浑厚的美声唱起了船歌。一长一短，一高一低，喃喃如噎，切切如诉。曲调很像日本箱根八里的马子呗，我不禁想起了在去兰州的路上，那赶马的马夫唱的民谣。这微妙的旋律向河西传去，久久在山中回荡。游子的心里涌出一种悲壮的感兴。

七月十五日（星期三）

早晨冷得让人不能熟睡，醒来时，脚也好，肚子也好，都冷冰冰的，只有用阳伞遮挡住的胸以上的部分还存着些许余温。起来后去山上的小路散步，山上到处都是洞穴，在洞穴的上方，岩角突出。在那岩角平整的地方，赫然刻着“偶来石头下，高枕草帽眠”的字样。写这句话的人会是哪里的人呢？也是离开城市来到这里露宿的旅行者吧，也是从兰州出发，到了黄河，同样在这块岩石下入睡，梦到了家乡吧，我不由得涌起了一股同情感。

东边的天空变得紫明，山也映在一片紫红色里，彩云横挂在天际，倒影映射在河水里。安静而又雄伟的黄河，洋洋流动着，仿佛牵引着地轴运动一般，有时候将陡峭的山峰摧毁形成中洲，有时候又泛滥将田地吞没，最终流入渤海。那些坚硬的东西被粉碎成为沙子，而柔软的东西则堆积形成土块。摧毁再形成，形成再被摧毁。我一边看着流淌着的黄河，不禁想到了天地自然的妙用和万物流转。老子曰，“道生万物，万物归道”，这大概也是由大自然而生的达观的智慧吧。

今天又要开始黄河上的筏上生活了。

昨天搁浅在浅滩上的那个筏，今天早上乘风急速勇猛地漂流下来。那些船夫们在此地烧水，喝茶小憩了一会又出发了。时间是早晨八点。我们也上了路，河道忽窄忽宽，不知道拐了多少次弯，时而碰到长十丁（约

1090 米）、高三十丈（约 100 米）左右的屏风岩大岩壁横挡在眼前。有些突如其来的巨石或如站立的人，或如疯狂的狮子。有的巨石似乎就悬在头上快要掉下来的样子。水从其侧面流过，绕过岩角，曲折再曲折，流过红山的岩根部。实际上红山仅仅沿着黄河的那一部分就有二百五十华里，是一个大山脉。山体整个呈现黄红色，据说红山就由此得名。日光照在山上，整座山就像烧灼的铁一般红。我们不堪头上的酷热，也顾不上胶片有没有化掉，只奔命于防备酷暑了。山顶上、河岸上都有很多洞穴，也看到野鹿群，看到对面的中洲上放牧着的牛羊。如同废墟般的村落里，零零散散地排列着一些小土房。早上就和我们前前后后的那个筏子，在水面上静静地漂流。下午两点二十分，我们到达五方寺。今天行程一百四十里，时间六小时二十分。今夜要在这里住一宿了。吃过午饭，站在筏上，夕阳西下，河面上凉风渐起。不久薄暮降临，夜晚，明星高高地挂在红山的山岭上，有大熊星座那三颗闪烁的明星，还有淡淡流淌着的银河，还有独自散发出璀璨光芒的北极星……我们就这样在筏上，一边观望着各种天体，一边感慨着可与天地的永恒相媲美的人类的果敢。

七月十六日（星期四）

出了五方寺不久，走完了红山的山麓，地形变成了小平原，没走多久，进入了黑山峡。（图 93）黄河从峡谷之间流过。长度大概二百余里，山体悉为黑一色。据说这一带盛产煤炭。被摧毁的岩角也好，突出的山体也好，在日光的照耀下，仿佛黑金一般闪闪发光。光从露出的部分来看，煤的埋藏量是无穷尽的吧。

过了这里大约走七小时，视野左右开阔，能远远看到前面的沙山。走近一看才知道，沙山呈丘陵地带，一直向西北方向延伸，沙质为极其细致

图 93　过黑山峡

的石头粉末，被风一吹，如烟雾般飘散，形成的痕迹呈波纹形状。烈日高照，白云的影子落在沙上斑斑点点。

这个沙丘正是令人一听就毛骨悚然的戈壁大沙漠的一部分。这是我平生第一次见到沙漠。看着这漫无边际雄伟的光景，一种异样的感觉油然而生。黄河在这沙漠的边缘处转弯，筏就停泊在一个小渡口——岩涯子（窑力，作者原注）。这里有三十余户人家，村子的中央堂堂地坐落着一座庙，有几株白杨树。这个地方盛产煤炭，并制作粗陶器。穿过这个村庄，右边可以看到荒芜的万里长城的废墟。这段长城是阿拉善额鲁特旗和甘肃的分界线。走到这里地势渐变，山平滑而又绵长，天空低垂，沙丘连绵不断，一望无际，随处可见成群的牛羊。

走过岩涯子，到中卫大概还有三十里，今天应该能够到达。艰苦的筏上生活今天就要结束喽！然而大家白高兴了一场。仅仅就在距离中卫五里的地方，筏却突然停止不动了。一问才知道原来是船夫们已疲于旅途了。眼看着中卫的城墙，木筏却迟迟不动。遗憾得不得了。便鼓励船夫们再开船，然而却勉强不得。就在船夫要答应我们的时候，不幸的是同伴的筏搁浅到了浅滩上去了。更另人绝望的是东风猛烈地吹来，根本无法开筏上路。没有办法，想要雇佣皮筏子到达中卫，也雇不到，想要雇大车去，也没有，无奈只好放弃。遂决定派武田、川越两人为代表，去中卫商量雇佣民船的事情，其他人暂且在这里住一宿，体会这最后的筏上生活。迎着猛烈的东风，我们在岸边开始生火做饭。饭后，一名船夫说：“这里土匪多，留意着你们的行李。我们先上岸去对面的庙里休息了。”这是什么事嘛，在土匪众多的地方故意停下来，把船丢下，自己却上岸睡觉，实在是太没有责任心了，我们只有怒视着他们，却也没有办法。于是大家商量后，决定都高度警惕起来，把大部分钱包在雨衣里藏在木筏下，将船停在深水处，做好随时都能逃走的准备，然后就在筏上铺开草席，仰望天上灿烂的星星睡了。这骚乱期间，我不小心把钢笔掉进黄河了。这支笔是我从日本带来的，已经用了四年的心爱的钢笔现在沉到黄河底了，对物品的留恋感情奇妙地留在了心间。可换个角度想，自己为黄河的河伯献了一份礼物，心也就清静了。今日早五点半出发，下午三点半到达，行程二百五十华里。

七月十七日（星期五）

四点半，我们的筏乘着晨风出发了，不久到达了中卫的码头。筏却又被冲到了浅滩上，由于得到前来迎接的船的帮助终于得以靠岸。我们跟随昨天先到的两个人上陆，他们说，明天有去包头的民船，每人船费十三元。从兰州到这里五元，这次到包头就要十三元，这样连吃饭的钱都不够了，会计核算后不肯答应，但也没有办法只有谈好了契约。

中卫的码头叫作新墩。前面远处靠山，北岸开阔如川原，那里放着制造筏的木头，堆积如山。皮筏子、木筏子大概都是在这里被分解，木头、皮子等分开处理，行李由民船运向包头。

新激有几十户人家，都住土造的房子，其中有一高阁，说是道观。南侧与筏师的家为邻，他一直把我们从兰州送到这里。他原本在家开着一间杂货店，兼职做筏师。看他长相，像是这里的人，他在兰州的马店大概是租的房子吧。这一带人情薄如纸，物价也比兰州高得多，而且看人定价。金钱的换算是一元为二吊一，换成实际的铜钱的话，一元为一千六百文。吊没有实价。

我们决定今晚在这里住下来，有志等四人去中卫的大街买东西。中卫在黄河河岸以北五里的地方，西北背靠沙山，东南面临黄河，中卫就位于平原的中央。沿途种植着水稻、小麦、罂粟、瓜、茄子、谷子等作物。引黄河水开辟水田，大米产量高，但是质量却非常不好。中卫的街，东西长二里半，南北长二里，东西南三个方向各有一个门，其中有东鼓楼、西鼓楼。（图 94）只有连接东鼓楼和西鼓楼的大街上有鳞次栉比的商店。其他的街道都很冷清，没有什么值得看的东西。居民的房子低矮，阁楼却很精美，真是不可思议。三层的鼓楼、孔子庙、街牌楼等建筑物美轮美奂。人们都说黄河之富，在宁夏和中卫，然而到了中卫，这里却穷困潦倒，面目全非。我们在这里购买了乘坐民船需用的食物、酱、腌菜、

图 94　宁夏 中卫鼓楼

青菜、酒等。各种物品的价格越来越高了。

本打算今晚住进民船，明天一大早出发，但是由于第二天早上也不开船，所以今晚仍在马店的一间小房住下。我们早已适应了马店的环境，所以并没有觉得不舒服。这郁闷的地方实在令人伤感。晚上热得难以入睡，我便爬上黄河岸边的筏上乘凉。

七月十八日（星期六）

本来和我们说好的那艘打算早上出发的民船因装载货物没有开船。上午十一点左右，我们好不容易搭了条小船开往民船。民船停泊在新墩下游的五里，就在南岸连绵的山的尽头，北面有开阔的茫茫平原，那平原直到贺兰山的南麓为止，云烟缥缈，一望无际。船里除了我们一行人之外，还有几个俄罗斯人。他们在我们到达兰州的前一日，走陆路乘马车，到达的中卫。我们便乘同一艘民船去宁夏。下午天阴，下雨。用帆布作篷，在其下面铺上草席避雨。雨势加强，船不能出航，踌躇之中时光黯然流逝，直到天黑雨也没停。今天无疑要在这里停留下来。今天的行程只有五里而已。

七月十九日（星期日）

浩渺的黄河，河面烟雨缭绕，看不清两岸山峦的雄姿。河水浩浩荡荡流动着，像箭一样向东方奔去。挂着白色幕布的民船如梦般混混沌沌停靠在左岸边。这里是大陆的中部地带，西边与阿拉善山的南麓相接，东北与绵延几千里的鄂尔多斯沙漠相邻。那令人毛骨悚然的戈壁从沙山这个夕阳西沉的地方以西，一直连通到遥远的中亚。秦始皇建造的万里长城从西边的玉门关开始，穿山越岭，一直延伸到遥远的这里。山河的形势以此为界发生了较大的变化，与甘肃的山相比，这里的山变为绵延的丘陵，河岸由险峻的岩石变为了顺滑的曲线。田野也由罂粟地变成了可爱的各色鲜花的原野。直到昨日我们还受尽炎热之苦地在筏上生活，现在也变成在凉爽的有篷的民船上生活了。

船上除了我们一行九人之外还有几名俄罗斯人、几名中国人。之后大家将会交替着用同样的锅做早饭、午饭和晚饭，船变成了一个国际化的大家庭。我们一行九人被分为三组，每三人一组，每日轮流做饭。我们穿上书院的便服，头上裹着布，跣足，掬黄河之水使劲地洗米，想想我们的样子，虽有些稚气但是却很痛快。雨淅沥沥地下着，雨滴从白篷布上滴答滴答地滴着。煤烟不时地窜入喉咙。有时候因为风向的变化，煤烟会憋在帐篷中出不去，在船中东跑西窜。唉，这种状态会持续将近一个月吧?

傍晚的时候，雨势减小，沙山的山脚沐浴着夕阳，映得通红。船老大扯嗓子喊着“开船喽——”，下达了启程的命令。然而，那群俄罗斯人外出买船上需要的食品还没回来。即便如此，大家还是紧锣密鼓地做着开船的准备。听说大概五十名士兵来到了中卫的码头新墩，要征集民船。

听说这些日子冯玉祥在宁夏的驻兵活动频繁，但是人们却完全不知道其原因。我们在这里的两个月，每天都是仰望天空，与大自然为伴，外面发生的事情一概不知，就连报纸也没看过。

为何要为一个将领的利益而伤害无知的良民呢？就连我们一行所乘坐的唯一的这艘民船都难逃其魔爪。平常中卫停泊着十数艘民船，就算到包头也只要七八块钱的运费，而如今民船大部分被征用，仅存的这艘民船运费高达十三块钱。对于可恶的军阀的所作所为，民众只得默默地承受。这是多么不幸的事情啊。

民船急赶着出发了。雨仍然下着。一到傍晚，船橹发出的“咯吱”声与沙洲上水鸟的鸣叫声融为一处，甚是寂寥。水流在沙洲处一分为二，河面逐渐变宽，在河中沙洲上可以看见牛群、羊群、水鸟还有秃鹰，天空中还飞过一些燕子，在霏霏的细雨中吞噬着虫子。这是一副多么令人感伤的景象啊。船从中卫驶出二十华里，在一个叫作千素营的村落靠岸，绑好缆绳。这里是荒凉的乡村，有几家毫无情趣可言的土屋散落在河的沿岸。我们买不到任何东西。下午六点半时，雨稍稍地停了，西边的天空映出了红色。眼前那飘浮着的云彩、村庄的一排排树木、黄河对岸绿色的原野以及我们的那艘破了篷的民船，形成了一道美丽的风景线。入夜，天又开始下雨了，雨点敲打在船篷上，声声作响，雨也随着风飘进舱内，让我难以入梦。

七月二十日（星期一）

雨终于停了，我们的船出发。虽然方沙山附近能依稀看见泛着蓝色的天空，而我们前进的方向却依然是阴云密布。船向前移动着，天气也渐渐地放晴了。今天是我们组负责做饭，我们要煮烩菜。船行了二三十里。这期间北边的方沙山渐渐变为丘陵，然后变为小山，再过渡为大山——就是阿拉善山脉的南麓。深红的山体、突兀的丘陵、山麓处的白杨林，风光不时变换着。那顺着山脊蜿蜒连绵的万里长城以及散落在四处的古旧船橹，似乎在庄严地诉说着历史的沧桑。

从这里开始黄河渐渐向东流去，河的南岸是延伸的丘陵，丘陵延伸的尽头能看见老君山和大香山。河路前进的方向有很多洲渚，并时时有浅滩，民船也屡屡在此搁浅。甚至这艘船的船夫们因为摸不清河路的情况，还要向常行走于此的乘客们询问。果然，与我们同行的小船或许就是由于搁浅了不见了踪影。我们暂时把船停靠在北岸，等待那艘小船。时值下午三点，我们登上河岸，看见广袤的原野上开满了粉红色的野花，无数只白色、黄色、褐色的蝴蝶翩翩飞舞，一派悠闲的田园风光。

我不由得吟诗一句："戈壁连空大河流，牛羊成群野花香。"

船又行数里，看见南岸山麓处有座古塔，船夫告诉我们那是玉皇阁。这一带人们好像都习惯信仰本土宗教道教。下午五点半我们停泊在一个叫鸣沙洲的地方。东南方有一处鸣沙洲村，再往东去远远地耸立着牛首山。黄河岸边细沙很多，随着水的流动发出"沙沙"的声音，据说鸣沙洲也因此而得名。夕阳落在阿拉善山脉的南麓，瑰丽的彩云倒映在黄河的水面上。随着太阳慢慢落下，四周暮霭沉沉，就像透过白色的大镜头一样，感觉周围的群山近在眼前。山影笼罩着原野上的花草。夜幕降临，万物静谧地沉浸在暮色之中。黄河的傍晚真是美啊。

七月二十一日（星期二）

掌柜的一大早便去鸣沙洲的村子里买吃的了，可是久久没有回来。好不容易回来后，船夫又说要去买鸦片，而后又出门了，也是久等不回。白白浪费了三个小时。到了十点钟才终于开船。天气很热。船出鸣沙洲后，越走离东南方向的山越近，沙洲也越多。前方可以看见牛首山，山上光秃秃的，无一草一木。山并不高，然而看起来却有种恐惧感。在山脚处有一条路，行人马车从那里通过，电线贯通南北。山的北面还有一座山峰，其间是峡谷，黄河从这峡谷流过。那座山叫作青铜山，峡谷叫作青铜峡。（图95）峡谷长十数间，（20多米）出峡谷，看见左边有一百旦[①]八阵的阵容模型，据说是宋代的穆桂英所为。（图96）我对此人了解不详，据说在防御朔北匈奴人的入侵时，曾用过这个阵容。一百零八个"土馒头"均被涂以白石灰，排列在黄河的岸边。那个阵型上段有一宇残梁，下段是二檐城的废墟，前面有土筑的堤坝，在堤坝里凿出渠，引黄河水来灌溉。穿过那里走上五六里，

① 旦：作者原日记如此，当作"单"。

图 95　去青铜峡

图 96　宁夏一百旦八阵塔

同行的船又搁浅了跟不上来，我们也只好停在河中的沙洲上。太阳在阿拉善山山顶落下，水面波光粼粼，水中沙洲的影子绿茵茵的。河对岸叫作秦坝堡，这里也有几轩土屋。吃完晚饭我们去了船停泊的河中沙洲，脚踏在细沙上感觉丝丝凉意。野草郁郁葱葱，野鸥穿梭在暮色的云里低回飞翔。落日将周围染成金色，滔滔黄河向天际流去。现在我们与星辰为伴，在民船中躺下，睡成一排。

七月二十二日（星期三）

今早四点，我们从沙洲出发，东边的天空呈现一片紫金色，水天相接，火红的太阳正在冉冉升起，鸟儿盘旋在天空中，无言的大河静静地流淌着，微风凉爽，空气清新，北方的天幕低垂着，杨柳在远处若隐若现。不久到了秦坝堡。船靠岸停下，船老大去买东西了。这时，我们看见一只从上游飘来的皮筏子，上面插着日本国旗。筏上有四五人，头戴头盔，向我们这边使劲地挥手示意。我们相距数丁远(数百米，译者注)，但我们立刻就认出那行人是走北路的那一班人下村他们。我们也挥帽子以示回答。我们相互扯着嗓子呼喊："我们在宁夏见，乘同一艘船去包头吧。"不久下村下了筏上了岸。他说："我们坐皮筏子从兰州出发，途中几次在沙洲搁浅，快到牛首山时动不了了，在那停了三天三夜，一直到现在才到了这里。吃的东西也全没了，过了几天苦日子啊。"看见他们面容憔悴，衣衫褴褛，实在可怜。所以大家决定都乘民船去包头，他们暂时先回到筏上，到了河的下游，我们再会合同乘一条船，仍然是这一家的船。

三只民船大概归同一家所有，一个掌柜的统管这些船，每艘船里有一个船老大，再雇了一些船夫。

从这里走上数里，右边能看见离山很近的灵州镇。山脚处耸立着一座砖塔。这个灵州便是唐代灵武的故地，安禄山之乱时和玄宗皇帝一同逃走的玄宗之子李亨受唐朝恩顾，以武将之力在此处即位，为肃宗皇帝。这里是完成唐朝复兴的有着光辉历史的厚土。不空三藏的密使也多次来访这里。安禄山没有征讨到这个与万里长城相邻的朔北地带。如今眼前的山河仿佛展开了一幅历史的画卷一样。

如今灵州这片土地贫瘠，大部分的地方被杂草覆盖着，杂草之外也只不过是黄土堆积成的荒凉原野而已。在河的左岸，从贺兰山山脚到黄河的岸边是宽广开阔的平原。这片平原土地肥沃，种植着农作物，还有牛羊吃的牧草。东边的山势渐低，逐渐变成丘陵，丘陵渐转为沙漠地带。此处草木稀疏，烈日如火烤一般。以沙丘为背景的地方，有一个叫临河的村落。河的西岸有壬洪堡、河西斋等村落，这些都是通往宁夏的陆路要道，从这里到宁夏只有四十华里的路。从中卫开始与我们结伴的俄罗斯一行人在河西斋下了船。从这里再行上不久，船到达右岸的山脚——横城口。那是一个在万里长城的南北方向有沙丘的村落。从这里到左岸有渡船，宁夏在距此左岸以西四十里的地方。（图 97）

图 97　靠岸河西斋

夕阳倒映在黄河上，丘陵那边放牧着成群的牛羊。站在以万里长城为背景的横城口村的黄河岸上，我们一行人不由得爱上了这里的晚霞。我们停船上岸，南北班两路人终于大会师，我们坐在杂草上，共进晚餐。晚餐是白饭和黄瓜的勾芡炒饭，这是出行以来吃的最好的一顿饭了。

这一带黄河的水浑浊起来，河面上时时还漂着枯叶，河水大都不能喝。而且蚊子很多，即使隔着衣服还是会叮咬人的。据说宁夏盛产蚊子。夜里，我们仰望北极星，亲近金星，说着星河的故事，在民船蓝色船篷下的草席上度过了一夜。

七月二十三日（星期四）

早晨，掌柜的说："由于行李不方便，今天就在这碇泊吧。各位先生，请随意地逛逛宁夏城，买一些必需品，如何？"实际上这个横城口有税关，往来的民船货物要交税。以掌柜的为首，船老大和船夫们都在走私鸦片。由于害怕税检，那些鸦片都藏在我们的行李中。也就不难知道行李为何不方便了。因为他们知道，中国的法律规定不允许检查外国人所携带的行李。我们沉默着，很不情愿地点了点头，他们敷衍地说了些奉承话。我们问起了鸦片的事情，"在中卫，二两一元，就可买到鸦片，运到包头价格增倍吧？"实际上价格似乎会更高一些。以前，鸦片从内地运到京津地区再卖给烟民。我为此而感到悲哀，这样下去，真是无药可救。

今天我们一行人去游览宁夏。早上穿的不多，只带了相机和便当，就出发了。乘坐渡船从横城口到达宁夏岸边的时候，只见长长的河床杂草丛生。越过河床，平地逐渐展开，呈现在眼前的是一片牧场，有几户人家，地里种着水稻和罂粟。麦秋完毕，人们在用大车装运着麦秆。走十五里，有村落，过了这里，在西边的贺兰山山脚就看见宁夏城了。宁夏城四面被城墙所包围，中间有一座高耸的塔。（图 98）于是，我们行走了二十里左右的路程去看看那里。沿途土壤贫瘠，大多是不毛之地，有一些稀稀拉拉的稻田。好久没有在陆地上步行了，脚很疼，肌肉缩在一起，走路非常痛苦。幸好由于天阴，没有烈日暴晒。走了一会儿，便走进一家小店喝茶、吃便当，小憩了片刻。距宁夏还有五里，只有拖着腿向前行走。

图 98　银川（原宁夏城）鼓楼

宁夏是朔北的要冲，是水路和陆路的必经之处，距离黄河四十里。虽然水路交通不怎么方便，从中卫到包头走陆路的人一定会来这里。这里自古以来就是当地少有的繁荣都市。城南北相距四里，东西横跨五里，贯通东西城门的是主要大街，贯通南北的大街有很多店铺，有洋货店、日用品店、杂货店、书店等。（图 99）楼门、殿堂、住宅等建筑物保持着特别的风格，还有完备的下水道体系，街道很干净。当地居民中，汉族约有一万五千人，回族约有一万二千人，满、蒙族约有三千人，相应有师范学校、中学、蒙回学堂、国民女学校、艺术学校等。宁夏是羊毛毯（绒缎）、砚台（砚石）的产地。羊毛是用皮筏子从兰州运过来的，砚石从贺兰山大量采集而来。为了给这次远途旅行留个纪念，我也买了一些砚台和毡子。砚台大的一个三元、小的一个一元。毡子三十一元。

图 99　宁夏（银川）南门大街

我们给船上补充了食物，一直待到傍晚时分。由于行李很多，我们想要雇一辆大车却没有找到，去县衙求援也不行，为此耽误了不少时间。天快黑了才终于雇上了一辆马车，行李装上马车后，我们在后面紧跟着走。六点出了东门，急忙赶往黄河岸边。夕阳从宁夏城的西边落下，把承天寺的塔影拉得很长，辽阔陆地上的日落更增添了旅途的乡愁。（图 100）乡野道路虽然不窄，但是坑坑洼洼，颠簸得很厉害。四十里的路途走得很艰辛。走了十多里，太阳已经完全落山，月牙从贺兰山的山顶露出了脸庞，金星从月亮的旁边升起来了。又走了十里路，月亮也落下了。身体像棉花一样，我们步履蹒跚地走在黑夜难行的路上，又走了十里路。天完全黑了，阴沉

图 100　远望银川城(原宁夏城)

沉的天空上连星星的光辉都暗淡下来，我们拿出手电筒照着道路前行。肚子饥饿，腿又酸疼，连打蚊子的力气都没有。真是日莫途远[1]啊！人生不也如此吗！还有十里路，我们已经体力消耗殆尽，两腿困乏累得快要倒下了，还是咬着牙继续往前走。十点半左右终于到达了黄河岸边。想要叫对岸的船载我们渡河，可是时间已经很晚了，由于是顶着风，所以任凭我们怎么喊叫，对面都没有任何回应。无奈我们只好在此露宿一晚了。这里是阿拉善山脚下的黄河滩，夜风穿过鄂尔多斯沙漠横吹过来，我们迎着风在此野营。不知道坚韧顽强的蒙古族人会怎么样，对于我们这些从未野营过的人来说，是痛苦不堪的。饥饿难耐，寒气逼人，大家身上仅有一件汗衫。我把今天买的毡子打开，和大家一起盖在身体上来抵御寒冷。可是毡子宽

① 日莫途远：引自《史记·伍子胥传》。伍子胥曰："为我谢申包胥曰，吾日莫途远，吾故倒行而逆施之。"（伍子胥说："你替我告诉申包胥说：'我就像太阳落山的时候，路途还很遥远。所以，我要逆情背理地行动。'"）

度很窄，裹着十四个人，不时会有一部分人露在外面。真是顾前顾不了后，蜷着身体尚可让肚子暖和，而背部就不行了。于是有六个人只能背裹着毡子，对着大家而坐以抵御寒冷。我们从来没有像今天一样感觉到天亮得这么慢。

七月二十四日（星期五）

终究我们一宿未眠。凌晨三点半，太阳渐渐把鄂尔多斯沙漠的上空染成淡红色。周围也开始亮了起来。我们觉得又活过来了。天亮了，昨天来的马车也回去了。我们卸下了在宁夏购买的蔬菜、米、豆酱等食物。抬眼望去，距离上游的横城口还有很长一段路途，黄河河面宽有三十丁（3270米，译者注），任凭如何喊叫对面也听不到，这是当然的了。再加上昨夜东风狂吹，在这边只能听到对岸传来的狗吠声，对岸却听不到这边十几个人的喊叫声。这时，从对岸来了一只小船，并不是这边人呼喊过来的，而是对岸的人有事要来这边。

渡到对岸要花两个小时。民船抵岸时，已是七点半了。问了一下说是今天也不出船。早知如此，还不如昨天不硬要回来呢。实在是困极了，上午就睡觉了。横城口城方圆一里，有南北城门，城内有六七十户人家。黄河东边的万里长城以此为基点。船正午出发，黄河河面变得越来越宽，随处可以看到沙洲。河道被分成多条水流，船一动就会上到浅滩而搁浅。

从包头逆流而上的船多靠左岸前行。傍晚时分到达左岸边一个叫青水堡的地方。我们在此住了一晚。回来的帆船很多，只见有的撑起白帆，有的靠岸上的纤夫拉绳前行。（图101）

图 101　从包头归来的帆船

七月二十五日（星期六）

五点从青水堡出发，船前行了三个小时到达了平罗，透过层层云雾在左边可以遥遥地看见石嘴山。青水堡的北边有万里长城，再往西便是蒙古了。黄河变得越来越宽，穿过茫茫的平原，向北流去。下午三点左右，天突然变阴，刮起了大风，吹起了黄沙。天地一片混沌，分不清东西南北。此时的黄河波涛汹涌，浊流滔滔。到处刮起了龙卷风，黄尘万丈冲天。黄河上的大风实在令人恐惧。没过多久，风停下来了，石嘴山也在一片混沌中显露出来。空气中依然弥漫着黄土，太阳也发出如血般的光芒。远处到处是蒙古人的白色蒙古包。船沿着黄河的右岸而行，在一处黄土堤边停了下来。这里也有调查走私鸦片的机构。船夫们又悄悄把鸦片藏到我们的行李中，装作若无其事的样子顺利通过了。

船儿又前行了两小时。船在西嘴子的对岸一个叫张三地的地方停了下来。张三地有个龙王庙，来往船只的船夫们都信奉这里的水神。夜晚来临了，我们看着悬挂在西边天空的上弦月和璀璨的星光，一直到天明。今天的行程有一百四十里。这晚，齐藤二郎君放开歌喉唱起豪放的蒙古歌谣：

北斗影摇曳越长城，
大雁划过戈壁长空。
多少个无眠夜头枕着沙丘，
即使在思绪迷乱的梦境，
凶猛的蒙古风呀，
我也不会泪眼蒙蒙。

豪放的歌声中掺杂着丝丝的哀愁，就像年轻人的热血在奔腾。

七月二十六日（星期日）

凌晨三点，从张三地出发，走了一个小时。黄河穿过鄂尔多斯沙漠西边的山和石嘴山之间向北而流。左岸慢慢变得开阔，在那儿有个叫石嘴子的小镇，人口有七八千，来往于黄河的人们必定要经过这里。（图 102）

图 102　停泊中的皮筏子

镇上有卖食物、杂货、棉布的小商店，我们在这里买了一些吃的东西。（图103）离开这里又走了一个小时，河面渐渐变窄，右岸的半山腰上有一座很高大的建筑物，叫作东王府，是蒙古王的宅邸。从这里开始两岸的山变得越来越近，河面也变得越来越窄，右岸高，左岸低，左岸放牧着很多牛羊。从左岸远远望去，是米保山和桌子山。据说米保山是因为山体有很多像栗子粉一样的沙子而得名；桌子山呈方形，因山顶是平的而得名。桌子山山脚的丘陵地带，长长地向远处延伸，一眼望不到尽头。

图 103　石嘴子（石嘴山）的早市

船沿着丘陵前行，左岸几乎没有人迹，野草繁茂，偶尔可见灌木。下午两点，船夫突然大叫了起来。一看原来是山丘上有一匹狼。身体颜色呈浅咖啡色，体型很高大，一看就很凶悍。没有想到在这里我们看见了狼、野兔、野鸡，在平地上看见了蒙古族人的白色蒙古包。看到未曾见过的东西，深感自己来自遥远的异国他乡。下午三点，船停在米保山对岸的灌木繁茂的地方，船夫们上岸采集了一些柴火。

下午四点开船，黄河又渐渐变宽，两岸的丘陵一直在延伸，变成了沙丘，看不到尽头。夕阳渐渐地向沙漠方向沉落，晚霞与河面交相辉映，金色的波浪在荡漾。

黄昏时分，船橹的声音变得十分凄凉，大地上，夜幕悄悄地落下了。

夕阳终于落幕了，船在杂草丛生的河岸停了下来，爬上小山丘向天空眺望，上弦月隐于淡淡的云层里，北斗星发着青白的光芒。

七月二十七日（星期一）

今天我们又乘船再次领略黄河的风采。白天的温度可升到一百二十华氏度，夜晚会突然降到五十华氏度左右。只有早上才有凉风，可以感受到一点点凉爽。今天也是早上四点出发，随着船的前行，黄河变得越来越宽，流速也减缓了。西边是广袤[①]无垠的大平原，东边鄂尔多斯沙漠上漫长的丘陵，生长着繁茂的杂草。黄河沿着那条丘陵流淌。远远望去，水边放牧着骆驼，还有很多从包头归来的民船的白色帆影。（图 104）不久就远远地看到了左岸的磴口村。（图 105）虽然磴口村的民房狭窄简陋，而关帝庙和礼拜寺就大得多了。这是一个乡村小镇。我们在此待了两个小时，买了一些船上要用的食物。早上十一点出发。离开了这里，左岸就变成了沙漠地带，目及之处都被黄沙覆盖。右岸从草原变成一望无垠的鄂尔多斯沙漠。（图 106）（图 107）（图 108）天很热，暑热难耐，背阴处有九十六华氏度，向阳处有一百二十华氏度，皮肤都快要烧焦了。近傍晚时，船在三导河靠岸了。（图 109）

据说三导河是阿拉善的世外桃源。这里也是此次旅行的目的地之一。满月当空，荒凉的沙漠中突然出现了茂密的森林、栽种着果实累累的农作

① 广袤：土地的面积。东西的宽度为广，南北的长度为袤。

图 104　骆驼商队（磴口）

图 105　内蒙古 离开磴口

图 106　鄂尔多斯沙漠（一）

图 107　鄂尔多斯沙漠（二）

图 108　鄂尔多斯沙漠（三）

图 109　三导河边的夕阳

物的农田、高耸入云的雄伟殿宇、祥和的村庄，简直就是沙漠绿洲、神话的原野。船一到岸，我们便去距离黄河三华里的三盛公部落参观。在此先记录下三导河的状况。

以前三导河被称为阿拉善的乌托邦。（图 110）三十五年前，一八九〇年一月比利时牧师闵王清（音译），看中了这块位于阿拉善山和黄河之间浩瀚无垠杂草丛生的无人荒野区。于是与阿拉善王会见，租借了这块土地，他亲自来到了这里，招募了一些来自陕西、山西、甘肃、直隶等地方的贫民，一边给他们传教，一边让他们从事农牧业生产，以期让他们过上自给自足的世外桃源的生活。这是他最初的构想。

图 110　三导河的黄昏

到了民国时期，不愿服从新政府的蒙古族人爆发起义，成为蒙匪。很早以来喇嘛教和基督教就是对立的，土匪队队长芦占魁率领土匪们掠夺教会，七十二个信徒和一个比利时牧师惨遭杀害。牧师把这件事告到了袁世凯那里。新政府提出，这个地区原来就属于阿拉善王的领地，要教会和他本人进行交涉。随即他们进行了交涉。虽然这块地有为期十年的租约，但阿拉善王因为财政困难，向牧师借了一百万元，一直没有还。并且现在也没有支付赔偿金的能力。不知不觉中，这块地就归教会所有了，牧师实际上是政治和宗教意义上的主权者。现在的三导河是南北一百三十华里，东西二百六十华里大范围的区域；有来自陕西、山西、甘肃、直隶等各省两百多户人家；开凿运河引黄河水灌溉，有耕地三万亩，有十八个村庄，设有八个教堂，分别住有牧师；另外，学校、孤儿院、医院等设施齐备；农民们全部都是天主教的信徒。再稍稍具体说明一下，设施最完备的村子是三盛公。这里有中心教会，教会里有四名比利时牧师、两名荷兰牧师，都没有妻室，他们从事文化设施建设和弘扬宗教的工作。

教堂宏伟至极，由自制的砖瓦建筑而成，进深二十五间（45.5 米，译者注），横宽八间（14.5 米，译者注），分别设有男女坐席，供奉着圣母玛利亚像、耶稣诞生像等。壁面贴有中国版圣经故事绘画，旁边设有更衣室，方便进出教堂。除此之外，入口还摆放着教徒的花名册和出勤登记薄，这样会促使教徒们每天必须来教堂做礼拜。除三盛公以外，其他的教堂里仅有一名牧师。牧师来自比利时、法国、荷兰、德国等。根据农业政策，每户有两顷土地，他们种植着小麦、麻、大豆、葱、马铃薯等作物，兼养牛、马、骡子、猪、羊等家畜。而且规定当地人都须从农民那里购买牲畜牛和马，耕地佃租税金为一亩一角，歉收年份不征收税金。

在这个荒凉的阿拉善沙漠，乱草丛生之中可以看见当地独有的杨柳顽强地茁壮成长。该区域方圆三里，城中心有一座雄伟宏大的尖塔高耸入云。夕阳西下的时候，羊群静静地返回森林，不禁联想到在耶路撒冷广阔的原野上，信徒们轻轻抚摸羊的身影。俨然一种祥和的世外桃源风光。

回到船上时，太阳将要没入哈那那林乌拉山山顶，那边天空仿佛有一个火盆子悬挂在淡淡的山边上静静地燃烧。太阳西沉，天边一片金黄。彩云渐渐地消失在夜幕之下。

七月二十八日（星期二）

过了三盛公又走了三小时，船在吐口堂的河岸靠岸了。（图 111）停留期间我们参观了吐口堂的教堂。此处的教堂比起三盛公的来说小了许多，牧师只有一个，是个比利时人。这里住着百余户居民。（图 112）杨柳和白杨树林环绕着这个城镇，这里也是农牧兼营。因为运河正在开凿当中，耕地还不多，主要是放牧牛羊。（图 113）过了这里之后，河面逐渐加宽，一望无垠。（图 114）东面鄂尔多斯沙漠中丘陵绵延不绝，野草丛生；西面河岸下平原荒凉连绵、茅草茂盛。在鄂尔多斯岸边靠船之后，船夫又去拾柴火。最终这天没有再行船。炙热的天气好像要把人烤熟了似的。刚到傍晚，天空突然乌云密布，大风骤起，黄尘从四面八方扑面而来。河面上波涛汹涌，风势渐强，雨滴很大，重重地砸落了下来。过了不久，风止雨停，看见河岸两旁有许多梧桐树。天空星光闪耀，上弦月也偷偷爬到了河面之上。今天总共行路六十里。

图 111　内蒙古吐口堂的运河

图 112　吐口堂的理想乡

图 113　吐口堂的牛羊放牧风景

图 114　吐口堂远眺

到了磴口，听说包头上游有红须子出没，虽没有组织却有一万多人。前些日子从包头回来的民船就被袭击了，被抢了好多物品。

入夜之后，大家看到黑色的船影在河中移动，不禁战战兢兢。后来发现都是些民船。我们不禁苦笑："这与被水鸟声吓到的平家军有什么不同啊！"（说的是日本古代平家被源氏打败时的情景，后多用"听到水鸟的声音，敌人就来了"来形容受到惊吓的样子）

七月二十九日（星期三）

凌晨四点，船驶过两岸梧桐树林，向北行走了大约两个小时，便把船停在阿拉善的岸边。因为又要在这里交税，便滞留了五个小时，十一点开船。下午在鄂尔多斯的岸边靠岸，又捡了些柴火。这附近杂草茂盛，灌木丛生，人迹罕至，如同到了蛮野之地，只能看见偶尔路过的商队。到了傍晚，西北方向可以看见哈那那林乌拉山山脉，其右侧的两狼山坐落在朔北的一角，高耸入云。而余脉向东西方延伸，与西边的哈那那林乌拉山山脉相连，蜿蜒不绝，直至远处，消失在云间。从山脚到黄河沿岸是一望无际的原野，东边鄂尔多斯沙漠到此便为丘陵地带，向东延伸。络绎不绝的归船、帆影乘风破浪，向黄河西边而去。迎面吹来一阵凉爽的风，一行人敞开了胸襟，不禁快乐了起来。

船在一个叫吴三树的地方停了下来。今天一共行走了一百三十里。今晚又看到了灿烂的星光和美丽的上弦月。月光洒在水面上，流光似练，摇曳生姿。旅人们心里雀跃，都扣着船舷唱起了歌：

蒙古的沙漠，
在沙丘中穿梭，在沙丘中沉浮。
多少月夜，我们风尘露宿，

即使明日我们也看不到河岸，
依然走在蒙古沙漠中，
寻找水源。

一个人唱起来，大家也附和着一起放歌。

让骆驼驼着粮食，
让星星指明方向，
风沙倒卷的沙尘暴也不算什么，
不久我们定能走出蒙古沙漠。

七月三十日（星期四）

今天是明治天皇的祭日。一行人早早起来漱口洗脸，然后一起站在船边唱起了日本国歌《君之代》。太阳渐渐从东方升起，天边就像是被血染红了似的。太阳旗（日本国旗）在船头随风飘动，仿佛和着歌似的发出“吧嗒吧嗒”的声响。唱完两遍之后，又高喊“万岁”，声音响彻河面，随着水流飘向远方。之后大家吃着烤鱿鱼干，喝着烧酒举杯庆祝，最后面向着戈壁沙漠的东方，以壮阔的黄河为背景遥望祖国，举杯献上各自的祝福。此时的游子之心畅快淋漓。

中午船靠左岸停泊，眼前是一片草原。我们前往距此十里的村子买东西。最近我们在船上吃的都是用黄河水煮的米饭，配上葱蘸味增，天气炎热，即便买了东西也无法储存。下午一点半出船，由于逆风而行，阻力很大，船行得慢，船夫也很累，就在一个叫回德城的地方靠岸了。那时是下午五点。今天一共走了八十里。

再往下游走，听说红须子较多，船老大非常害怕，就想雇士兵护卫行李。掌柜的非常狡猾，想让我们担负这笔费用。大家都非常愤慨，便虚张声势说："就算来一万个土匪，又算什么呀！我们不需要护卫！"最终掌柜的自己出钱雇了护卫，等第二天人们来了再出发。

入夜后，月光清冷皎洁，天空群星璀璨，河面上金波荡漾，凉风沁人心脾。解开衣襟，倍感凉爽。夜深之后起了东风，太阳旗被吹得"哗啦哗啦"作响。

下游停泊的一条民船在凌晨两点出航，我们提醒他们前面有土匪出没。

七月三十一日（星期五）

早上九点，我们从回德城出发，找了二十名士兵护航。由于顶风，船行进得特别慢，走了四个小时又在右岸的鄂尔多斯丛林地带的一角靠岸了。不久风向转变，船顺风而行，但由于风高浪急，很难辨认前方的浅滩，没有出船。船夫又去拾柴火。回来的时候说发现不远处有红须子，大伙赶紧把船移到对岸。刚解了缆绳，从鄂尔多斯沙漠方向来了一支轻骑，所到之处沙尘飞扬，黄尘满天。停到刚刚系缆绳之处看着我们这边，之后一队又登上一个小山丘，好像要向我们开枪似的。船中一片混乱，掌柜的大惊失色。护卫兵子弹上膛，准备开枪。不巧此时，船又搁浅，狂风不停地吹入船内，情况十分危急，真可谓是千钧一发。如果我们先开枪，对面一定会向我们乱枪齐发，所以犹豫再三只能静观。船依然没办法从浅滩上摆脱出来，转眼间日落西下，露出荒凉月光。草原被暮色笼罩着，上弦月也开始在薄云之后发出淡淡的光芒。对岸已是茫然一片，什么也看不清楚了。那支骑兵也越过山岳沿着河岸退回去了。一行人渐渐放下心来，船上气氛也渐渐缓和。船夫跳下河里将船从搁浅处拉出，靠向对岸的小山丘旁。风势渐强，好像要把船吹翻似的。黄尘遮月，给月亮染上了一层淡淡的茶色。星星也在眨着眼睛，好像在预示着什么。是将要发生什么的前兆吧。不久有两名士兵因为担心土匪再次来袭便跑出去侦察。一行人相顾无言，暗暗下定决心：如果真的发生什么一定同甘共苦，不作抵抗，把全部物品都给他们只求性命无忧。土匪有一万人呢，这么少的护卫兵能有什么用？想到这里大家都去睡觉了。

八月一日（星期六）

在不安之中又过了一夜。风势渐止，雨潇潇落下。“啊，又是雨呀！”这场雨要是连着下上几天，粮食也没有，如果再遇上土匪那该怎么办呀？唉，算了，走陆路去包头需要三天，实在万不得已的话，只有自己一个人去了。想着想着雨停了。七点出船，走了一段路后，天便渐渐放晴，最后完全变晴。前方可以依稀看见西山嘴山，河道在沙洲之间蜿蜒徘徊。靠左岸小憩之后，下午三点又出船了。左岸是草原，船顺流前行，不久西山嘴山出现在眼前。掌柜的时不时地看看前面，担心附近有土匪出没，便害怕起来，躲进左岸的灌木带，不再行船。船夫杀了羊犒劳护卫的士兵。傍晚时又开始行船了，行了两里多地便在一个叫东牛地的地方靠了岸，恰在那时，我看到了美妙至极的晚霞盛景。绯霞围绕着红莲花般的太阳，火焰似的把东边的天空烧成了紫红色。在险峻的阴山山脉西边，西山嘴一片浓浓的蓝色。山脉相连，浓淡相宜，色彩迥异。北面是一望无际的草原，南面是万里无垠的沙丘，这样雄伟壮观的景色真可谓美丽绝伦，无与伦比。不久东边天空的紫红色渐渐消失，只剩西边燃烧的绯红。颜色随时光流逝一点一点变蓝，光芒也一寸一寸变细，最终就像极光一样美丽地在薄薄的暮色中隐了下去。阴山也在淡淡的红色中消失，只剩上弦月在浩大的暮色中时隐时现，有一种难以言喻的美妙。今天晚上还是因为害怕土匪来袭就在灌木林的林荫处靠了岸，这里依然是东牛地一带。

八月二日（星期日）

凌晨四点出船，行了两个小时后，我们在阴山西边的山脚下靠了岸，让护兵下了船。太阳在阴山山顶上熠熠发光，南岸可以看见哈尔干特的白壁殿堂。北岸前方，哈朗斯村子里的土筑住宅在郁郁葱葱的树木之间若隐若现。前行三十里，在灌木丛生的岸边停了船。船夫去哈朗斯村里买食物。趁着这会儿一行人跳进黄河里边洗澡，边赏景，并拍照留念。此处北边背靠阴山，山脚下，平原辽阔，其中耕地密布。以河为界，南边是鄂尔多斯沙漠，远远地泛着金黄色，仿佛火焰在燃烧，配上朵朵白云，美妙极了，让人都看呆了。

最终我们还是迎来了让我们惊恐不已的命运。不用说，当然是土匪来袭的事情。去哈朗斯村买东西回来的船夫说："距这里三十里的下游方向有红须子，一百来人骑着马就要来了。我等不得仓皇出发。"掌柜的惊慌不已：果真要来了么？谁都不是神仙，不能预见这些事情，今天早上刚让护卫兵回去了，就突然间遇上这么倒霉的事情，这该怎么办呀？真是追悔莫及！船中周章狼狈，不知所措。在这期间，有一个回族人来船中喝茶。但走了不久之后又来了，说自己在船中丢了五银圆。掌柜的骂道"胡说"，就怀疑他是那帮土匪的间谍，先把人留住，又去哈朗斯村把证人带来。不久来了一位骑兵证明那人不是间谍。后来他面向西方的太阳拜了拜就走了。天越来越黑，大家也越来越觉得恐惧。我们担心的不是丢东西，而是他们为了求财而把大家拘押在土匪窝。今天下午两点左右看到有人骑马过来，就以为是土匪来袭，也不管船中物品，大家转身就逃。还好不是土匪。这在靠岸的时候还好，若是在行船途中遇到土匪来袭那就真的走投无路了。下游有土匪出没，在这里停船还是很不放心，最后大家做好了深入虎穴的思想准备，一致决定趁着夜色出发。在白天我们已经把贵重物品以及金银全部吊在船舷底下，只给每个人分发了五元，作为徒步走到包头的路费。如果土匪从水中袭来，我们可以下到船舷两侧，潜入水中。如果这样也不行，就从黄河游到岸边。大家都做好了大难临头的准备。船夫在舳舻上卷上绳子，用来消除打水时发出的声音。之后大家一起吃了晚饭。（图 115）

图 115　摆脱土匪

夕阳映射下的云彩颜色渐渐消逝，傍晚时分，阴山群峰被暮色笼罩着。在灌木林里可以听到蒙古人的马在嘶鸣的声音。不久，月亮渐渐升起，透过东边的云彩发出微微的光亮。借着这点光，我们一行人又踏上了旅途。这时的我们有着一种切实的患难感。

月亮在云间似有似无地泻出缕缕流光，广阔的水面上万籁俱寂。船在中游缓缓而行，静静的，不发出一点声音。只在船尾能听到一丝隐隐约约的水声。有时听到从遥远的地方传来的狗叫声，我们以为是土匪，便惊慌不已。鸟儿从水面掠过发出的叫声也让人心跳加快。一整个晚上我都因为紧张而难以入睡。

我们看着黄河水中摇曳的月光和远处淡淡的阴山山影，消磨着时间。走了两个小时，大风骤起，不得已将船靠在黄河左岸。船行到这里应该没什么大问题了。于是大家稍稍安心一些，就入睡了。

八月三日（星期一）

凌晨两点醒来，船正缓慢地向下游驶去。四周静悄悄的，船橹划水时时发出一些声音。船夫放下心来，不时地发出笑声，我们迷迷糊糊地又睡了。四点时天已大亮了。能够看到鄂尔多斯的村庄的树木了。当看到村子附近有人骑马来来回回时，我们心有余悸，又担心那会是土匪。阴山山脉向西延伸，可以清晰地看到险峻的山脉，在西方看到了昨天经过的西山嘴。从东方可以看到远远地在水天相接处若隐若现的山，那才是我们憧憬的包头。从这里到包头还有一百二三十里路，今天到不了。但是能逃离土匪的巢穴，我们看到了希望的曙光。一行人非常高兴。船老大又开始再三地谢天谢地，一次次地向着太阳磕头。走了一会儿，将船停在阴山边稍作休息。就在这时，我们看到对岸跑来一队人，他们骑着马，尘土扬得好高。我们又以为他们是土匪。掌柜的也显出十分担心的样子。武田君说掌柜的是胆小鬼。总算又开船了，没走多远，看到左岸有很多人和马，人在给马饮水。大家又怀疑那是土匪。掌柜的和我们都开始担心起来。走近一看才知道，那些人是讨伐土匪的官兵，他们刚刚渡到左岸。我们得知，从这里开始就到了下游，我们会一直平安，大家都放心了，开怀大笑，不觉唱起歌来。我们高声吟诵：

敕勒川，阴山下，天似穹庐笼盖四野。

天苍苍，野茫茫，风吹草低见牛羊。

又走了四十里，右岸可以看到所谓的王昭君[①]墓。（图 116）（图 117）它离黄河两丁(218 米，译者注)，墓方圆约二百步，高约三丈，大体成圆形，后面有一座小山，四周青草茂密。还有一种说法，说昭君的墓在归化城南三十里处。哪个是真还有待考证，据说现在这个村子被称作王昭君村。到包头还剩下七十华里，太阳已经在阴山西边落下。

图 116　王昭君墓（一）

图 117　王昭君墓（二）

① 王昭君（前 52？—前 19？）：前汉元帝宫女，名嫱，字昭君。呼韩邪单于主动请求与汉朝和亲，以结永久之好。汉元帝遍问后宫妃嫔，问谁愿往，王昭君挺身而出，慷慨应诏。远嫁匈奴呼韩邪单于，维护汉匈关系长期稳定。

今晚是农历十四日，月出东天，水平如镜的黄河上映着一轮圆月。能逃离虎口，船夫们也非常高兴，卖力地摇着撸，我们继续前行。月亮高悬于中天，流光徘徊，神清气爽。今晚是我们在民船上的最后一次晚餐。我们烤鱿鱼，喝烧酒，共同举杯，互相祝福平安无事。谁曾想，我们昨日此时还在担心土匪来袭的恐怖中战栗，今日却已经平安地在包头西面的黄河边举杯欢庆，观赏当空的皓月。一忧一喜，这也是世间的百态吧。在离包头五里的上游，船停泊在黄河的左岸，在这里，我们度过了船上生活的最后一晚。晚风清爽，月光皎洁，我们安然入梦。

八月四日（星期二）

醒来已是八月四日。今天是我们从兰州出发的第二十五天，真是一个漫长的黄河之旅。今天即将告别黄河，也是我当班最后一次做饭。我早早起来准备早饭，洗脸的时候不小心把手表掉进河里了。如果把这当作给黄河留下的临别赠礼的话，心情就舒畅多了。吃过饭以后，把东西收拾了一下就上岸了。我们雇了一辆牛车，装上行李，赶往包头，上午十一点到达包头停车场。

虽然从包头到北京有火车，但是因为此行难得，就不直接回北京了，决定好好在包头游玩之后再说。我们就向包头市区出发了。然而包头没有什么好看的。（图 118）于是大家乘坐下午一点十四分发往归化城的火车。两天前还有土匪侵袭的困扰而现在却坐上了久违的火车。并且还看到了电灯和穿西装的人，还看到了漂亮的女人，也碰到了说一口北京话的人。这一切都让我激动不已。火车出了包头向东驶去，南面只见那黄河在平原中间滚滚奔流。再见了，黄河！你竟把我们从遥远的兰州带到了这里，今天就要与你分别了，不管人世生死流转，你都永远地奔流吧！

图 118　包头

从归化城往西，走了几站，太阳落山了。月亮升起，过了一会儿，月亮上方缺了十分之一，又慢慢缺了十分之二，缺了一半，最后缺了十分之七。我起初纳闷：今天是农历六月十五，应是满月之夜，为什么东方天空中只可以看到月牙。后来明白了这是月食。月亮从淡红色渐渐变亮。整个过程大约花了半个小时。月亮又似美丽的明镜一般高悬于中天。火车在静谧的夜晚，飞奔在大地上。晚上十一点到达归化城，住在车站南边的秦安旅馆。我们终于睡在了久别的炕上，眼望着天花板，高兴得泪水流了下来。

八月五日（星期三）

归化城位于绥远大平原的中央，是海拔两千八百尺的高地。（图 119）（图 120）绥远大平原，其西北有阴山山脉之天然屏障，东南与黄河支流图尔根河流域相接。这里自古以来就以作为满蒙两族人的角逐场而闻名，也是从山西省到蒙古北方的第一关口。归化城在车站南五华里的地方，如果从车站向南前行，兵营在右，绥远城在左，前行不久就可到北门。城内商店林立。在南门外西南二里的地方，我们参观了无量寺，在城内拜访了崇寺，参看了西藏经。归化城南二十华里，黑水河畔有王昭君墓。坟高二十丈，占地十几亩，四周被青草覆盖，据说有一块建于民国十二年题有“汉明妃王昭君之墓”的碑子，我尚未见到。

图 119 归化城

回到住处。下午一点二十分向大同出发。傍晚时分，到达大同，住在东华旅馆。

图 120 归化城 清真寺

八月六日（星期四）

大同是山西省北部的一个都城，后魏曾在此建都，因云冈的石佛而出名。（图 121）（图 122）早晨，一行人骑马去参观石佛。这已经是我第二次参观云岗石佛了，此前的观感在相关杂志发表过，在这儿就省略了。但是，这些雕刻无论看多少次都会赞不绝口。

图 121　山西　大同街道

图 122　山西　大同云冈

八月七日（星期五）

早晨六点五十分向着张家口出发。当晚入住在张家口大马路（车站前的大路）的日本旅馆。在久别的榻榻米和坐垫上坐下。旅店的女佣们忙前忙后，慰劳我们。我们一行人不甚感慨，动情之处，潸然落泪。

张家口也称东口。西边的归化城称为西口，外国人多称为卡鲁刚，据说是俄语“进山”的意思。大概是张家口的东北有东高山，西边有西高山，两山峭立，遥遥相对，仅百步之隔，恰似关门，故这里被称为卡鲁刚。

下午上街并拜访了领事馆，听到了根津领事愉快的谈话。如果要看朔北广茫的蒙古大平原，最好去北边那个离市区七八十华里的“汉诺鲁巴”高原。据说那里广袤辽阔，视野无边。回来的途中去看了蒙汉的物物交易市场，现在是夏天，河水上涨，没有生意，店铺都关着门。

晚上，领事送来了蒙古牛肉，我们吃得津津有味，在日式的榻榻米座铺上铺上被褥，关上窗户，安然入睡。不觉感到有些可惜。

八月八日（星期六）

早晨，醒来后懒洋洋地躺着，感觉到旅途的疲劳在一点点地消失。上午十一点二十分出发踏上归途。日本旅店的女老板将我们送到车站，与我们依依惜别。

今天我们终于要回北京了。这次行程总共八十天。一路走来，我们历经了多少风吹雨淋，饱受了多少酷热寒冷，克服了无数的艰难困苦，总算走到了最后一天。火车过了宣化，不久便看到八达岭了。万里长城蜿蜒起伏在白云中，若隐若现。以此为界，气候变化很大。长城以北，天空如碧玉般透彻，而以南却是淫雨霏霏。连山体的颜色、树木的样子，也南北迥异。

火车晚点了，晚了半个小时，六点到达北京。有几个中国人和日本人前来迎接。大家在车站告别。

回去后，恩师铃木豹轩[①]先生和辻听花[②]先生为我的此次壮举特赐诗文，作为纪念记录于此。

乙丑年六月念八[③]，得加地哲定长安书。郤[④]寄于日本京都筑山巷豹轩主人。

游子天涯尚未归，新传征马向西飞。

崤函落月情空切，灞浐垂柳梦亦非。

紫气浮来思柱史，金凫灭尽吊真妃。

陇头明日闻流水，知汝裁书泪潸衣。

题骊山华清宫址小影

辻听花

骊山如绘绣云横，泉涌华清玉骨清。

惆怅梨园歌舞歇，西风淅沥少人行。

完

① 铃木豹轩（1873—1963）：讳虎雄，字豹轩。中国文学家，京都大学教授。文学博士。

② 辻听花（1868—1931）：讳武雄，字听花。中国文学家，中国苏州、南京师范学堂教授。以研究中国戏剧以及戏剧评论而闻名。客死北京。

③ 念八：廿八，乙丑六月念八即 1925 年 6 月 28 日。

④ 郤：间隙。意为空子、机会。

度量衡换算表

距离:

华里（中国距离单位）	约 500 米
里（日本里）	约 3927 米
哩（英里）	约 1600 米
丁（町）（日本距离单位）	约 109 米

长度:

尺（日本长度单位）	约 33.3 厘米
英尺	约 30.48 厘米
间（日本长度单位）	约 1.82 米

（指日本建筑上柱子与柱子之间的距离长度）

面积:

亩（日本面积单位）	约 100 平方米

译后记

二〇〇九年六月，加地有定先生又一次来到了西安，仍旧住在西北大学留学生公寓的单人间；仍然拎着我熟悉的那个手提箱和绿色尼龙布袋；仍然是那一身洗得发白的休闲西装，也仍然是那一双棕黄色的皮鞋。十余年了，每次在机场迎接他，他总是这样的打扮，很好辨认，也很亲切。阔别了两年，先生依然精神矍铄，温文尔雅，虽没有溢于言表的激动，但我还是在他越发慈祥的眼睛里读出了重逢的喜悦。

此后的两个月他都待在留学生公寓里，潜心于自己的研究。我会陪他偶尔出去造访考古学者。到了临走前的八月下旬的一天，加地先生感慨道：脚下的这块地方，八十多年前，先父曾经来过！

交谈中，聊到了加地先生的先父加地哲定，说到老先生当年遍游中国的事情，提到了保留至今的老照片以及配有老照片的日记形式的游记。

加地先生拿出随身携带的一部分老照片。八十年前的大雁塔、曲江、小雁塔、东门……深深地吸引了在座的人。看着八十年前的老西安城，日新月异的变化，令人感慨万千！加地先生决定捐赠先父留下的照片，也希望把那本游记一并推介到中国。于是，接下来的工作就围绕着这些老照片和游记开始了。

加地先生回日本后，历经千辛万苦，终于找到了可以冲洗八十年前柯达胶卷底片的店铺。并科学、细致地为百余幅照片做了注解，编排顺序，制作目录，装订成册。在神户一年中最热的季节，仅用短短一个月的时间，就把这一切都完成了。可以想见老先生四处奔走、伏案工作的辛劳。当我拿到配有先生亲手书写的目录和注解的四本颜色各异的相册，不禁被他的周到和仔细、睿智和条理性深深地感动了。

那些熟悉的地名及每日经过的熟悉街道，在友人父亲的照片里，却行走着一群拖着辫子的中国人，让人感到历史原来并不是很遥远！方寸之间，让人真切地触摸了历史的厚重，也领悟了老照片的意义和价值。

照片真实地反映着当年的风土人情、服装服饰、交通工具、生活用品以及当时的自然风景等。翻看着这些老照片，这是一个外国人眼中的中国，我为能有机会把这些难得的老照片展示给我的国人而感到自豪！

支持就是动力，鼓励就是鞭策，信任就是约束。百倍的责任感，使我不得不付出千倍的努力，斟酌再斟酌，核实再核实，认真再认真。

加地哲定先生是日本的文学博士，又是著名的高僧，尤其精通中国历史和文学。他文字里透露出的中国文史学养，非常深厚。每到一处，在游记中都大量地记述了当地的典故和传说或者相关的古代诗词，也有作者抒发豪情的日文短歌和汉语诗歌。那些我们所不熟悉的古文也被老先生大段地引用，这足以表明老先生深厚扎实的中国古代文学造诣以及严谨的治学态度。游记当中，老先生看到景物时所发出的感慨也引起我们的共鸣。当年的感慨已跨越了时空，依然感染着今人。那对于自然景观和经历的事情的描述，仿佛让我们看见了一位热血青年的豪情万丈；那对于远古的追寻，仿佛让我们看见一位哲人的思想深邃；那对于世间一切生命的悲悯，仿佛让我们看见了一位先贤的慈悲。他亲眼所见、现地所思的内容，以及真实的内心流露使人身临其境，有着很强的震撼力和代入感。

由于作者文学素养很高，思想境界高远，翻译这样的文字的确是一种享受，也是一次很好的学习机会。正是由于作者汉学造诣颇高，思想深邃，所以，遇到的很多生僻的汉语词汇和古地名以及古词、古诗、古文的引用，均需要一一核实。所幸全文的每字每句都得到了加地有定先生的核实和认真修改，并要求我尽量保留原文的风采。因此，有些字词，我们读来有些不一样的感觉，其实也是一次十分美妙的语言体验。另外，两国文化不同，比如日文特有的短歌（三十一个字的诗歌），我就尝试着翻译为七言绝句了。一些日文特有的谐音和谚语，在原文中起到了神来之笔的妙用，表达了作者的幽默和睿智，然而在译文中就只能顾及原意的保留，一些颇具个性的风格和内容就无法完全体现了。这些感受为教学和研究提供了第一手的资料，也成为今后工作和翻译中需要研究的课题。十分感谢加地有定先生给我这种珍贵的机会。另外，我在整部书的翻译中，不仅得到了泽崎久和老师、于耀明老师、北枫导演、孙洁女士的指点和帮助，而且经常得到韩养民老师的鼓励。

自和加地有定先生一起校对译文，撰写注解以来，经历了十年，完整的译稿存放了整整十年。今年终于在高峰先生的奔走下，能够在加地先生有生之年出版此书，感谢和激动无法用语言表达。于是，我又拿起译稿进行了修改。当年和加地先生一起注释、一起修改的情景历历在目。作者字里行间的质朴情感依然打动着我的心。作者有力而生动的文字，如今依旧能够时时把人带入他当年的旅途。这次翻译是一次奇妙的历程：第一，译文用词要遵照加地先生的坚持，要保留一些他认为是他父亲的表达方式，我们当年争论过探讨过，以致十年后的今天再次修改时，那些词汇散发出了很鲜明的异样光彩，感谢加地先生的坚持；第二，译稿存放十年再次修改，我们再次感到文字力量的不可思议。十年后再看此文，再一次被震撼，一个外国人对中国语言文字的驾驭能力达到如此地步，实在令人钦佩。相比之下，我倍感汗颜。

我通过越洋电话，将此消息告诉了加地有定先生。已经八十五岁的老先生得知父亲当年的游记终将在中国出版，矜持了一辈子的老绅士，也抑制不住激动的心情，一定让我转达对高峰先生和三秦出版社的感谢。

由于水平有限，难免还有缺点和谬误，恳请各位老师和读者斧正。

翁建文于西安

2018 年 12 月 30 日